GIUSEPPE GRACIA

Kippzustand

Erzählung

Nagel & Kimche

Adrian Riklin, Antje Gracia,
Sany und Silvia Sanwald
Danke für eure Nähe und Inspiration

Der Verlag dankt der Stadt St. Gallen für ihre
freundliche Unterstützung

1 2 3 4 5 06 05 04 03 02

Herstellung: Meike Harms und Hanne Koblischka
Satz: Satz für Satz. Barbara Reischmann
Druck und Bindung: Friedrich Pustet
Printed in Germany
ISBN 3-312-00307-5

«Wer tugendhaft ist, muss Köpfe abschneiden.»
Albert Camus, *Tagebuch 1951–1959*

ERSTER TAG

– Sumpf –

Obwohl ich wusste, dass es meinen Magen und meinen Kopf alles kosten würde, bestellte ich diesen Wein, in meinem ehemaligen Stammlokal, in meinem Geburtsort. Die Stadt Furtnau liegt in einem Tal, sie ist lang und schmal, die Gassen und Erker im Zentrum stinken, auch die Außenquartiere stinken, weil Furtnau schon immer ein Sumpf gewesen ist und nie etwas anderes hervorgebracht hat. Sumpfhänge, Sumpfhälse, Sumpfköpfe.

Hier konnte niemand ungestraft trinken, niemand kelterte, niemand servierte, niemand lachte hier ungestraft. Das war natürlich kein Thema fürs Lokalradio, auch die Hals-, Nasen- und Ohrenspezialisten hielten den Mund. Zweifellos hatten die Einheimischen ihr Stink- und Sinktal gut getarnt über die Jahrhunderte. Immer wieder hatte man sich den Anschein einer wohlriechenden, Kinder liebenden Gemeinde gegeben, aber mit diesem Wein kam die Wahrheit auf den Tisch. Diesen Wein konnte man nicht parfümieren, zum Glück, sonst hätte nichts meine Nase und meinen Gaumen daran erinnert, dass hier nach wie vor die Weinfeindlichkeit herrschte, die totale Durchsäuerung.

Ich schob das Glas beiseite und bestellte einen piemontesischen Grappa. Der Kellner hatte einen zu großen Kopf, der recht komisch wackelte, vielleicht war er beleidigt wegen des Weins. Ob er wusste, wie vergeblich sein Dasein war? In

Furtnau haben schon viele versucht, ein Sumpfantibiotikum zu entwickeln. Niemand hat es geschafft, weil der Gestank nicht zu fassen ist und jede Ursachenforschung im Keim erstickt. Natürlich kann man behaupten, dass der Sumpf zu einer lautlosen Auslöschung talfremder Einflüsse führt. In diesem Gemütszustand, der einen morbiden Patriotismus nicht ausschließt, muss es früher oder später zu langen Regenperioden kommen, in der Folge zu Wolkenneurosen und Sonnenobsessionen, begleitet von einer großen Müdigkeit, von einem sanften mentalen Einnebeln. Man kann sagen, dass der Sumpf eine seelische Wurstigkeit und Plumpheit hervorruft, die man ausschließlich in Furtnau antrifft, eine seltsame Blechmusikresignation, die sich unmittelbar im Furtnauer Dialekt niederschlägt, ein Dialekt, der schwer und lehmig auf der Zunge liegt. Niemand wird das leugnen, dennoch müssen wir davon ausgehen, dass sich nur über Eigenschaften und Gefühle sprechen lässt, die der Sumpf verhindert, aber nie vom Sumpf selbst. Am Ende rutschen wir ins Undenkbare beim Versuch, über den Sumpf hinaus zu denken. Am Ende können wir nur sagen, dass niemand aus Furtnau entkommt, weil ganz einfach niemand auf die Idee kommt, man müsse überhaupt entkommen. Auch ich bin dem Sumpf nicht gewachsen, nach Basel bin ich geflohen vor fünfzehn Jahren, eine Familie habe ich gegründet und mich freigewühlt und frei gefühlt in Basel, nun bin ich zurück, weil man den Luca begraben hat, weil man ihn versenkt hat im Lokalfriedhof.

In dieser stinkenden und stänkernden Stadt wurden wir geboren, hier haben wir uns geliebt und aus den Augen verloren. Lucas Kopf war hellwach und sein Geruchssinn so ausgeprägt, dass er auf die geringste atmosphärische Störung sofort reagierte. Das ist keine Seltenheit. Oft und gerne wachsen auf der Welt kleine, sensorische Lucaköpfe heran, einige werden direkt auf den Mist geworfen und müssen ihre Nasen in Sicherheit bringen. Von der Malerei fühlen sie sich angezogen und vom menschlichen Körper, vom menschlichen Geist, sie schwärmen von Raffael und von der Medizin, sie wollen sogar Medizin studieren, an die Universität wollen sie und kommen doch nie hin, weil dort nur die besten Köpfe gebraucht werden, nicht die heißesten und schärfsten, sondern die klügsten, agilsten, die zähesten Fremdgedankendenkerköpfe. Natürlich wird sich der Lucakopf nicht damit abfinden, monatelang wird er sich auf das so genannte außerordentliche Aufnahmeverfahren vorbereiten: eine Hintertür für Leute, die nicht von Anfang an einen integrierten, im Idealfall *assimilierten* Denk- und Sprechapparat vorweisen können. Der Luca kann in die Medizinbücher hineinkriechen und alles geben, trotzdem wird er vor die Tür gesetzt, bis er versauert und verschimmelt und verkümmert, bis er literweise Grappa trinkt und alle seine Bilder und Hoffnungen vernichtet.

Wieder beobachtete ich den Kellner mit seinem wirklich sehr großen Kopf. Du musst aufhören zu trinken, dachte ich. Luca ist nicht das letzte Furtnauer Opfer gewesen, nach so vielen Jahren kehrt er zurück und bringt sich um, hängt sich auf, und niemand hat den Mut, das Kind beim Namen zu nennen. Alle *Trauergäste* parfümieren ihre Münder und sagen, der Luca sei jetzt an einem besseren Ort, dabei weiß jeder, dass es um eine heraushängende Zunge geht, dass der Luca vor seiner *Selbsttötung* ein Restaurant aufgesucht und Menschen angegriffen hat, mit einer Gabel, so behaupten es die Zeitungen, so heißt es im Radio.

Die Ruhe bewahren, jetzt nur nicht die Kontrolle verlieren. Du hast keine Ahnung, ob das stimmt, du kannst nicht wissen, warum der Luca zurückgekommen ist und sein Fleisch erstickt hat. Fünfzehn Jahre lang habt ihr euch nicht gesehen. Was hat der Luca in der Lokalfriedhofserde mit dem Luca in deiner Erinnerung zu tun? Der Luca in deiner Erinnerung wollte heilen und war ein wacher, kunstvoller Kopf, der Luca in der Lokalfriedhofserde wollte töten und hat einen erhängten, blau angelaufenen Kopf. Das Begräbnis regt dich auf, die scheinheiligen schwarzen Kleider, das ist es. Morgen wird es dir besser gehen. Wenn du dir das Furtnau von damals vorstellst, mit seinen noch unberührten Hängen und Wanderwegen, dann siehst du eine stinknormale Siedlung, die Heimat deiner Kindheit.

Was ist an dem Bild so bemerkenswert? Schließ die Augen. Schau auf die kleinen Gastarbeiter, wie sie im Tal umherstreifen und mit silbernen Kaffeelöffeln den Dreck umstechen, immer ein klein wenig, aber sie kommen schnell voran, weil es viele sind, viele kleine Italienerhände und Spanierrücken und Sizilianerköpfchen, still bewegen sie sich über die Schattenhänge, die für das richtige Klima sorgen. Du erinnerst dich gut an deine Eltern und an Lucas Eltern. Am Wochenende legten sie die Silberlöffel weg. Sie gingen in den Quartierklub und spielten Karten und setzten Heimwehgesichter auf. Du siehst dich mit Luca im Klub stehen, eure Väter sitzen auf ihren Stühlen, die Klubresultate und die Klubprobleme und die Wohnprobleme kommen auf den Tisch, zusammen mit den Ofenkartoffeln und den Scampischwänzen. Mütter schöpfen Gemüse, am Flipperautomat blinken Rekorde, Babys sabbern und Quartierpokale werden poliert. Du hörst den Quartierkellner mit dem Quartiermechaniker reden, sie schwärmen von Sardinien, Piccolotto heißt der Mechaniker, der Kellner heißt Francesco Salpatura, ein feiner, ruhiger Mann, der alles über Wein weiß. Du magst ihn. Bei seiner Frau Nuria Maria bist du dir nicht sicher – sobald ihr Mann ein Wort an sie richtet, sobald er einen Wein auftischt, macht sie ein unbeteiligtes, ein kaltes

Gesicht. Deine Mutter setzt sich zu ihr und berührt ihre Hand, während Francesco seinen schönen Kopf sinken lässt. Ab und zu wirft er einen Blick auf die beiden Frauen, überhaupt scheinen seine Augen häufig unterwegs zu sein, um ein schweigendes Zentrum zu finden in diesem Raum, in den ständig jemand hereinplatzt, aus dem ständig jemand hinausgeht, worin laufend die Plätze und Sitznachbarn gewechselt werden. Rauchschwaden hängen über den Tischen und vor den Fenstern (Parisienne und Marylong, andere Zigaretten gibt es nicht), Supermarktmäntel und Sonntagsblusen huschen vorüber, während dir üppige Parfüms in die Nase stechen, *Ossessione Quattro* und andere umwerfende Düfte. Knaben rudern mit den Armen, die Goldkettchen an ihren Handgelenken schimmern im Licht der Deckenlampe. Du siehst Mädchen in ihren blauen Erstkommunionsschuhen, sie eilen um die Tische, bald werden sie die Schuhe wegwerfen, tolle Brüste werden sie bekommen, und zwischen ihren Beinen passieren die kleinsten größten Wunder.

In der Ecke des Lokals, auf einem farblosen Schirm, fällt ein Tor. Im Gejubel schwingt eine gestaute, eine im Quartierleben hochgekochte Wut mit, eine Torschussraserei, die endlich Platz hat und hervorplatzt, wenn *uno degli nostri* der Sieger ist. Stille während der Torschusszeitlupe im Fernsehen, dann brandet der Lärm wieder auf, und Luca geht zu seinem Vater und kassiert eine Ohrfeige. Luca ist zwölf, du bist ein Jahr älter, er muss etwas Treffendes gesagt haben, in letzter Zeit passiert das häufiger. Die Szene wird kaum zur Kenntnis genommen, weil das Ohrfeigenkassieren ganz und gar hierher gehört, genauso wie die beharrlichen, herzlichen Quartierfreundschaften, die in einer Quartiergefangenschaft unausweichlich sind. Es ist ein Leben, das sich auf einem klar gekennzeichneten Nebenschauplatz abspielt. Schnell wird so eine Nebenschauplatzexistenz hingenommen und verinnerlicht, tapfer bleibt der italienische Kopf auf dem Nebenschauplatz, tapfer bleiben das spanische Herz und das sizilianische Fleisch dort, bis der letzte Vorhang fällt. Später wirst du das ganz normal finden. Die Quartiersüdländer müssen dort leben und sich vereinigen, wo der Sumpfbodenpreis und die Sumpfwohnhütten erschwinglich sind, dort haben sie ihre Rollen zu spielen, getrennt vom einheimischen Rest, der natürlich froh ist, wenn der südländische Schweißgeruch im südländischen Wohnquartier bleibt. Ein Arrangement, das einmal auf die harmlose Größe eines Klischees zusammenschrumpfen wird. Mit der größten Feuilletonistenarroganz wird man diese Nebenschauplatzwelt eines Tages zur Stammtischkarikatur machen, aber an diesem Ort und zu dieser Zeit spürst du die Quartiergrenzen. Sie sind real und haben durchaus ihre Berechtigung, da die Ausländer nur ihren eigenen Schweiß und nur ihre Parisienne- und Marylongschwaden ertragen, nicht aber den Schweiß der Schweizer, die genauso nur den Helvetenschweiß und Marlboro Gold verkraften. Dein Vater hat damit kein Problem. Es ist gut, wenn wir vorsichtig sind, sagt er, *sangue di pesce*, das haben *Svizzeri* in den Venen.

Du freust dich immer, wenn du mit Luca aus dem Klub kommst, am liebsten verlasst ihr überhaupt das Quartier und geht ins Kino, jedes Wochenende, wenn das Kleingeld stimmt und es mit den gefälschten Ausweisen klappt. Andere Tage gehören den Büchern und der Malerei und den allmählich näher trippelnden Mädchenbeinen. Hin und wieder geht ihr in den Hinterhof eures Wohnblocks, dort gibt es wunderbare Garagentüren aus Holz, darüber ein kleines Dach, hinter dem Dach eine Treppe, die ins angrenzende Quartier führt, wo sich weitere Hinterhöfe befinden. Bei euch wird Fußball gespielt, was sonst, leidenschaftlich wird gegen die Garagen geschossen, die das Tor markieren. Dann ist Luca der Torwart und du der Stürmer oder umgekehrt. Nie geht ihr in die Verteidigung oder ins Mittelfeld, Tor oder Sturm, andere Positionen kommen nicht in Frage.

Es muss im Sommer gewesen sein, nach einer heftigen Gewitternacht. Luca steht im Tor, vor der noch nassen Garagentür, du schießt, der Ball fliegt zu hoch und verschwindet über dem Dach. Ihr steigt hinauf, findet den Ball aber nicht auf dem Dach. Er liegt im Gestrüpp neben der kleinen Treppe, die zum angrenzenden Quartier führt, bedeckt mit Wassertröpfchen. Neben dem Ball ragen Stiefel aus dem Gestrüpp, verkehrt herum, als würden sie mit den Absätzen zum Himmel deuten und sagen: Da hinauf möchte ich gerne. Du nimmst den Ball und fährst mit der Hand über die Wassertröpfchen, dann kickst du in die Stiefel, weil du sehen möchtest, wie sie umfallen, aber sie fallen nicht um. Luca versucht es ebenfalls, sein Fußtritt ist beherzter als deiner. Die Stiefel bleiben, wo sie sind. Ihr bemerkt, dass jetzt Socken hervorschauen. Tatsächlich, wobei in den Socken vermutlich Füße stecken und an den Füßen, in der Tiefe des Gestrüpps, vermutlich Beine. Noch ein Tritt, die Socken rutschen weg, Haut kommt zum Vorschein, ein milchfarbener Knöchel. Ihr geht zu Lucas Mutter, die daheim arbeitet.

Jeden Tag schneidet sie kleine Stoffkrokodile aus und säubert sie mit einer Schere. Sie arbeitet für einen Stickereibetrieb im Zentrum, diese tollen Lacostekrokodile sind ihr Job, es müssen tausend, hunderttausend tolle Lacostekrokodile sein, die Lucas Mutter im Laufe der Jahre zuschneidet und säubert, damit sie später auch perfekt zu den tollen Lacostehemden und Lacostepullovern passen. Immer sitzt sie an ihrem Plastiktisch vor dem Fenster, die kleine Schere an den Fingern, schön am Lacostekrokodil entlang, dort ein Faden, da ein Fusselchen. In der Regel ist sie müde und riecht aus dem Mund, trotzdem geht ihr nahe an sie heran und erzählt von der Leiche. Sie glaubt euch nicht, zuviel Kino, zuviel *Stuppidaggine* im Kopf, sie wiehert und gestikuliert mit der Schere.

Der Hauswart überprüft die Sache. Die Leiche, die ihr gefunden habt, ist tatsächlich eine Leiche. Sie gehört zu einem pensionierten, allein stehenden Sanitärinstallateur aus Madrid, deine Mutter hat ihn gekannt, auch der Mechaniker Piccolotto weiß etwas über ihn, gerade vorgestern hat er den Ärmsten vor dem Supermarkt getroffen. Als Kind soll er in ein katholisches Internat gesteckt worden sein, bei Valencia. Das ist schlimm, sagt deine Mutter, ich bin auch so aufgewachsen, bevor ich in die Schweiz gehen konnte, da habe ich Nonnen erlebt, die uns zwangen, sie zu streicheln. Das sagt sie natürlich nicht zu dir, du hörst es in deinem Bett liegend, am Abend, nachdem ihr die Leiche gefunden habt. Sie sitzt in der Küche und spricht zu deinem Vater und zu Piccolotto. Madrid!, ruft der Mechaniker, dein Vater lacht. *Con la boca*, sagt deine Mutter, *entre los piernas*, zwischen den Beinen. Du denkst wieder an die Socken, an die Stiefel. Ganz in der Nähe hat *il povero* gewohnt, sagt Piccolotto, einen Block hinter uns, wie konnte das nur passieren?

Jahre später wirst du in einem alten Zeitungsartikel lesen, dass der Pensionär in der Nacht vor eurem Fußballspiel *vom Gewitter überrascht* wurde. Anscheinend hat ihn der Furtnauer Wind gepackt, und der Mann ist rückwärts von der kleinen Treppe, die zum angrenzenden Quartier führt, heruntergefallen, direkt in einen Lüftungsschacht, Kopf voran. Der Wind hat Gestrüpp über ihn geweht, noch während er versucht haben muss, wieder herauszukommen. An Ort und Stelle hat ihn das Unwetter begraben, das ist natürlich entsetzlich, hat aber auch etwas Geschmackvolles, denn nur so war es möglich, dass Luca und du an diesem Tag seine Stiefel, seine Socken und seinen Fuß gesehen habt und nicht etwa sein totes Gesicht, nicht seine Augen. Nachdem die Polizei gekommen war, holten sie den Körper aus dem Lüftungsschacht, du hast mit Luca zugeschaut. So steif war er, so nutzlos standen seine Arme in der Luft herum – du erinnerst dich gut an das trockene helle Knacken. Man hat ihm tatsächlich die Arme gestutzt, den Sarg geschlossen und ihn in die Stadt gefahren, um ihn irgendwo zwischenzulagern bis zur offiziellen Abdankung.

Seit diesem Tag hast du mit Luca nie mehr im Hinterhof Fußball gespielt, überhaupt seid ihr kaum noch in den Hinterhof gegangen, und wenn, dann habt ihr Fluchtpläne geschmiedet. Im Laufe der Monate und Jahre habt ihr euch weiter und weiter vom Quartier entfernt, zuerst nur im Kopf, später mit dem ganzen Körper, vielleicht wolltet ihr nicht vom nächsten Gewitter überrascht werden, vielleicht waren die Totensocken längst vergessen, auf jeden Fall habt ihr die Flucht aus Furtnau angetreten. Den Blick fest nach vorne gerichtet seid ihr über das Tal hinaus- und hinweggerannt, und irgendwann habt ihr festgestellt, dass ihr euch nicht mehr sehen konntet.

Selten hast du an Luca gedacht, eigentlich hast du gar nicht mehr an Luca gedacht, sobald du weg warst. Keinen Gedanken hast du an die Leiche verschwendet, du bist nach Basel gegangen und hast alles hinter dir versinken lassen.

Erneut bestellte ich einen Grappa, erneut wackelte der Kellner mit seinem Ballonkopf.

Die Vergangenheit, hatte sie wirklich etwas mit meiner Trinkstimmung zu tun? Ich glaube nicht. Vermutlich hatte auch Luca nichts damit zu tun. Ich war nach Furtnau gekommen wegen der Beerdigung. Es wäre unanständig gewesen, in Basel zu bleiben, und da ich einmal hier war, schien es nur natürlich, dass der Piccolotto und der Hinterhof in meinem Kopf auftauchten. Morgen würde es mir besser gehen. In Wahrheit war ich deprimiert wegen meiner Exfrau, weil die Frau, die ich in Basel geheiratet hatte, jetzt getrennt von mir lebte und unser Kind getrennt von mir großzog. Das Lucabegräbnis kam zur rechten Zeit, das war der springende Punkt, endlich hatte ich einen Grund zu trinken! Wie jämmerlich von mir, das Lucabegräbnis zu missbrauchen für mein Selbstmitleid. Jämmerlich, sagte ich laut. Niemand reagierte, obwohl es bestimmt alle gehört hatten.

Du dummer Luca, warum bist du zurückgekehrt? Hast du nicht gewusst, dass du deine Kinderkrankheiten nie loswirst? Unbemerkt breitet sich der Sumpfvirus in dir aus, mit einer jahrelangen *Inkubationszeit*, egal, wohin du gehst. Da müsste einer schon die Möglichkeit haben, seine Seele zu packen und wie ein Blitz am Virus vorbeizurennen. Es müsste einer seinen Kopf packen und ihn mit voller Wucht aus dem Tal kicken, es müsste sich einer über den Matsch erheben und sagen: Voilà, an deinem eigenen Haarschopf ziehst du dich hinaus in die Freiheit. Nun ist der Kopf aber eine schwere Sache, der ganze Körper ist schwer, und die Seele klebt am Körper fest und der Körper im Sumpf. Niemals wird der Körper freikommen, weil die Seele niemals freikommt. Deshalb haben die Furtnauer das Märchen in die Welt gesetzt, dass der Sumpf gar nicht existiert und folglich auch keine Sumpfarbeiter. Inzwischen scheinen hier auch die Ausländer gerne in der Patsche zu sitzen, weil man sie gelehrt hat, im Furchtbaren immer nur das Fruchtbare zu sehen, weil sie in jeder Beziehung widerstandsfaul geworden sind, seelenklamm und lebensmorsch. Stinksocken, mein lieber Luca, Patschwangen und Drecknasen, hier gibt es nichts anderes. Schemenhaft waten die Einwohner den Talkessel hinauf und den Talkessel hinab, umwolkt von der Fäulnis ihres Fleisches. Auch die Seidenblusen und Kaschmirmäntel stinken, weil sich der Sumpf tief ins Gewebe eingenistet hat und nicht daran denkt, sich von den einheimischen Waschmaschinen abschrecken zu lassen. Wenn hier jemand einen Infarkt erleidet, dann liegt es nicht an den Arterien, sondern an Brustverpestung und Schlagaderverkleisterung, hast du das gewusst? Wenn hier jemand anfängt nachzudenken, dann kommen Pfahlbauergebete dabei heraus. Noch nie ist hier ein kloakenresistenter Gedanke zur Welt gekommen, noch nie hat man hier einen lehmfreien Zungenkuss gewagt. Immer haben wir uns eingebildet, dass der Lokalwein besser wird und wir ruhig noch ein Weilchen weiterkriechen können auf der Suche nach neuen Socken.

Der Wille – warum muss er so schwach sein wie das Fleisch? Wenn das Gedächtnis nicht wäre, wenn wir uns nicht ständig an den Virus erinnern müssten, nachdem wir das Tal verlassen und uns in Basel niedergelassen haben! Aber du hast recht, Luca, ich darf nicht vergessen, dass wir aus Italien kommen und nicht aus Mazedonien. Wir sind keine Bulgaren und auch keine russischen Nachwuchsbläserinnen, uns geht es gut, erstklassig, neiderregend. Wir haben nie zu den Ausländern gehört, die man durch den Wirtschafts- und Kulturdreck zieht, um sie zu *integrieren* und aus ihnen Humankapital zu machen und aus ihnen so viel Cashflow wie möglich zu pressen. Gerade das ist der Skandal, nicht wahr? Dieses soziale Unterschichten, dieses Benutzen der Ausländer als Sumpfstampfer, als Straßenputzer und als Wohlstandszement. Zur Entsumpfung und Unterschichtung werden sie in die Schweiz hereingelassen und beginnen zu stinken und zu sinken, während die Einheimischen aufblühen.

Kein Wunder, dass du am Ende eine Gabel genommen hast! Ich bin sicher, es war in einem Edellokal, du bist auf die manikürten Herren los, die sich dort durch die Weinkarte blättern. Du wolltest sie dir vornehmen, diese wohlfrisierten Humankapitalköpfe, die sich die schönsten Grundstücke leisten, die größten Terrassen, wo sie den ganzen Tag in der Sonne stehen können, um ihre Edelhunde zu streicheln, und sie streicheln lange und sanft, weil ihr Kapital wunderbar angelegt ist, weil ihre Unternehmen längst von anderen Topdogs geführt werden und sich ihr Kapital wie von allein vermehrt, während unter der Belegschaft die Leichenberge stetig anschwellen und aufquellen. Auf dem ausländischen Markt steigt die Frischleichennachfrage täglich, und die Frischleichen kommen und klatschen auf den Schweizer Totenberg, wo sie vom Leichenbetriebsrat gezwungen werden, mit dem konsolidierten Gewinn in den Himmel zu fahren. Eine gewaltige unglaubliche Leichenmaschinerie, die auf Hochtouren läuft, und am Ende des Tages, wenn die Sonne gesunken ist, steigen die Eigentümer von ihren Terrassen herunter und setzen sich frisch geduscht vor ihre Edelservietten und essen Cocco brûlé, bevor sie sich darüber unterhalten, ob der Totengestank nicht irgendwie parfümiert werden könnte, etwa durch eine bessere Öffentlichkeitsarbeit des Bundes.

Du hast absolut richtig gehandelt, mein Freund, auch ich sollte sofort ein Edelrestaurant aufsuchen und eine kleine Überraschung servieren. Ich werde jetzt den verdammten Grappa bezahlen und mir eine Gabel suchen, vielleicht werde ich zuerst ein Bett brauchen, aber dann muss etwas gestochen und geschnitten werden, ich sage dir, das alles bleibt nicht ohne Antwort!

ZWEITER TAG

– Lämmle –

Die alten Stiche und Zeichnungen in der Hotelhalle waren immer noch da. Ich konnte mich kaum lösen, als ich sie sah und mir klar wurde, dass ich letzte Nacht nicht zufällig hier abgestiegen war, im Hotel, in dem Luca einmal als Nachtportier gearbeitet hatte, wo er mir erzählt hatte von der medizinischen Fakultät und von Raffael.

Draußen spazierte ich eine Weile durch die Altstadt, aus einer plötzlichen Sentimentalität heraus, bis ich einen besonders hässlichen Brunnen entdeckte. Ich hielt meine Hände unter den Wasserstrahl und dachte an meine Exfrau in Basel, vermutlich deshalb, weil auch die Basler Brunnen an Hässlichkeit nicht zu überbieten sind.

Die Basler Brunnen mit ihren Steineulen sind beschämend, das ist hinlänglich bekannt, aber die Furtnauer mit den urinierenden Nymphen, Himmelherrgott! Kein Wunder, bin ich damals geflohen, kein Wunder, habe ich in Basel sofort geheiratet und ein Kind gemacht und eine *höhere Fachschule* besucht. Ich habe den Sumpf vergessen und bin Wirtschaftsberater geworden, ich habe mein Kind geliebt und meine Frau geliebt und am Ende alles versaut.

Das soll nicht heißen, dass meine Frau besser gewesen wäre. Man kann es überall beobachten: Die Frauen sehnen sich nach einer romantischen Nähe, während die Männer nur ihre Schwänze an ihnen ausprobieren wollen, weil die meisten Männer nichts anderes kennen als die Angst vor der Impotenz. Irgendwann kommt jedoch der Tag, da die

Frauen einem Mann begegnen, der zwar Angst hat vor der Impotenz, aber noch mehr Angst vor der Distanz, und sie verlieben sich in diesen Mann, weil er die Nähe sucht, solange, bis die Frauen plötzlich merken, dass sie sich eingeengt fühlen. Es ist zum Heulen. Die Frauen leiden an einer latenten Erstickungsangst, die ihnen erst bewusst wird, wenn sie die verdammte Nähe gefunden haben. Sofort und grundsätzlich machen sie eine Autonomiedebatte aus den Problemen, die sich aus der verdammten Nähe ergeben, und die verdammten Männer begreifen das nicht und versuchen, die Erstickungsangst der Frau mit der eigenen Distanzangst zu ersticken.

Dumm, sagte ich zum Brunnen, dumm! Dann schlug ich den Weg zum Bahnhof ein und überlegte, ob ich meine Exfrau anrufen sollte, wenn ich zu Hause war, anrufen, ihre Stimme hören und schwerelos werden. In diesem Moment bemerkte ich Johannes Lämmle auf der Straße. Er war der widerwärtige Unternehmer geblieben, als den ich ihn vor über siebzehn Jahren kennen gelernt hatte, das sah ich sofort, als er mir entgegenkam, mit seinen weißen Zähnen und dem spitzen, spöttischen Mündchen.

Johannes Lämmle, wage es nicht, mich anzuschauen. In deiner Garage bin ich *in die Lehre* gegangen, Autoersatzteilverkäufer habe ich gelernt in deiner Garage, während du diese Garage zum Großunternehmen gemacht hast, Import von Subaru und Fiat, ich kenne dich und deine Methoden, denk nicht einmal daran, mich anzusprechen mit deinem Mündchen.

Johannes Lämmle sprach mich nicht an, er ging einfach an mir vorbei, er kannte mich nicht mehr, natürlich nicht, solche Leute erkennen ihre ehemaligen Untergebenen nie, auch dann nicht, wenn sie sie bis zum Äußersten getrieben haben. Ich bin ein schlechter Lehrling gewesen, der schlechteste Lehrling, den Johannes Lämmle je gehabt hat, wie mir sein Mündchen vor siebzehn Jahren regelmäßig versicherte. Am Ende hat mich der Lämmle entlassen, drei Wochen vor der Abschlussprüfung, wegen eines *unbewilligten Telefonats ins Ausland.* Damals habe ich mit Luca telefoniert, der sich mit den Eltern in Florenz aufhielt. Die Garage ist schon dunkel gewesen, die Lämmlebelegschaft war bereits nach Hause gegangen. Die meisten Leute können sich nicht vorstellen, was es heißt, jeden Morgen unter die Mechaniker gehen zu müssen, unter die Bizeps- und Fäkalhumorfanatiker. Wie oft haben sie mich und die anderen Lehrlinge erniedrigt und in der Mittagspause einen von uns an die Hebebühne gebunden oder unsere Arbeitskleidung mit Batteriesäure bespritzt und uns mit Lastwagenreifen traktiert.

An diesem Abend atmete ich auf und lauschte der Stimme meines Freundes, wie sie mir erzählte von den florentinischen Fresken und von den florentinischen Frauenbeinen. Als ich auflegte, sah ich Johannes Lämmle im Lehrlingsraum stehen. Er suchte gerne den Lehrlingsraum auf, um seine widerliche Nase in die Lehrlingswelt zu stecken und sich den Geruch genau zu merken. Er sagte nichts, stand einfach nur da, und am nächsten Morgen zitierte er mich in sein Büro und entließ mich. Damit brachte er mich in die Schwierigkeit, die Prüfung zum Autoersatzteilverkäufer *ohne laufenden Lehrvertrag* zu absolvieren. Das ist mir zum Glück gelungen, aber wenn es nach Lämmle gegangen wäre, hätte ich meine schulische Laufbahn beerdigen können.

Natürlich hatte die Kündigung auch ihre guten Seiten, ich musste mir nicht mehr das Titten- und Analverkehrgeschwätz anhören, kein Auspuffrohrwechseln und kein Ölwannenreinigen mehr. Tagsüber Motorhauben schleppen und nachts Bücher lesen, damit war endlich Schluss, auch auf die Mechanikeressen konnte ich verzichten. Besonders die Weihnachtsessen waren schauerlich. Einmal habe ich den Lämmle beobachtet, wie er zum Chef der Auspuffabteilung etwas gesagt und mit zurückgeworfenem Kopf gelacht hat. Auch der Chef der Pirellireifenabteilung hat gelacht, dann wurde ein Kalbskopf serviert. Als Dessert gab es Furtnauer Zuckertaschen, dazu schokoladenfarbene Tischbomben, überall wurden diese Tischbomben verteilt, als sei schon Silvester, und die Mechaniker haben über das kommende Jahr, über die kommenden Umsätze und Analverkehrsaussichten geredet, anschließend wurden die Tischbomben gezündet. Herausgeschossen kamen nicht nur Konfetti und Papierschlangen, sondern auch kleine Puppen. Ich schaute genau hin, es waren authentische Gastarbeiterpuppen. Mit einem sanften Bums wurden sie zur Decke des Festsaals gespuckt, wie kleine Fallschirmtruppen, jemand blies Ballons auf, andere tuteten mit Plastiktrompeten in die Bierhumpen, während die Puppen auf uns herabsegelten.

Gastarbeiterli, oh welch liebe süße Gastarbeiterli, geschmeidig landen sie auf den Beinchen und werfen ihre Fallschirme weg und schießen über die Tische. Ein Gastarbeiterli tanzt heißblütig auf Lämmles Schoß, ein anderes hebt die Ärmchen und beginnt zu singen, wie in einer zierlichen lieblichen Mechanikeroper, und alle lachen, und die Tische füllen sich, kreuz und quer sausen sie über die Servietten und Teller, *bello*, *carissimo*, rufen sie, *siamo tutti insieme*, das Gelächter nimmt kein Ende. Ich bemerke, wie mir eine kleine Spanierin mit Spielzeuggitarre ein Ständchen singt, auf dem Tellerrand, neben dem Kalbskopf. Ich will sie schnell wegpacken, ich schäme mich für sie, aber sie tiriliert und zuckt wild vor Aufenthaltsbewilligungsfreude. Bevor ich nach ihr greifen kann, nimmt sie ein Mechaniker zu sich und kämmt ihre Haare. Überhaupt kümmert man sich jetzt überall um die Gastarbeiterlifrisuren. Zusammen mit Lämmle schampunieren, fönen und kämmen die Mechaniker ihre Lieblinge. Ein Gastarbeiterli wird parfümiert, ein anderes gestreichelt. Ein gelüftetes Gastarbeiterli, ein repariertes, ein poliertes, ein verhätscheltes Gastarbeiterli. Ein Gastarbeiterli wird abgeklopft, das andere in Papierschlangen gewickelt, geduscht und geknutscht das nächste. Man muss die Gastarbeiterli pflegen, höre ich den Lämmle sagen, man muss sie entfeuchten, wichsen und regelmäßig loben. Der Import und Export von Gastarbeiterlibomben ist nicht billig. Wir arbeiten an der Gastarbeiterli-Hotline, dort könnt ihr alles über die Gastarbeiterlipflege und den Gastarbeiterliservice erfahren. Regelmäßig loben, sagt Lämmle, das ist das Wichtigste! Dabei streichelt er das Püppchen in seinem Schoß, dann steht er auf und verschwindet. Auch der Mechaniker mit der kleinen Spanierin verschwindet, er nimmt gleich mehrere mit, vielleicht sind auch Italienerinnen darunter. Das Gelächter lässt nach, die Leute scheinen jetzt nachdenklich zu werden, fast meditativ sitzen sie da und kümmern sich um ihre Püppchen, mit großer Fürsorge. Zum Schluss gibt es windige Flickflacks und Flamencos, zwei kleine Neapolitaner bedanken sich über die Tellerränder hinweg und zwischen den Weingläsern hindurch, ihre dünnen Stimmchen kommen wie aus weiter Ferne, und ein besonders hübsches Italienerli demonstriert über dem Kalbskopf einen dreifachen Salto mit anschließender Masturbation, der Applaus ist enorm.

Zu Hause erzähle ich alles Luca, als wir unser eigenes Weihnachten feiern, unter den großen, ausgewachsenen Gastarbeitern, im Beisein unserer Eltern, da sage ich: Der Lämmle hat Südländer serviert. Luca findet das normal. So ein Lämmle weiß etwas mit dem Humankapital anzufangen, das ist sein Beruf. Luca tröstet mich, dann stehen unsere

Eltern auf. Es beginnt das Ritual des großzügigen Christus, wer glaubt schon an diese Tannenbaumliebe, trotzdem freuen wir uns, obwohl wir schon beinahe volljährig sind, an solchen Tagen schwebt immer ein weiches Zuckerwattenherz über der Wohnstube, das wir allzu sehr vermissen während des Jahres. Über alle Maßen freuen wir uns, als wir die Geschenke auspacken. Luca bekommt drei Bücher, eins über Farben, eines über Raffael und ein medizinisches, das er zwar schon hat (genau wie das Raffaelbuch, das er seit Monaten besitzt), trotzdem sehe ich meinen Freund die Eltern umarmen. Ich umarme meine Eltern ebenfalls, mein Vater hat mir Gutscheine für die Fahrprüfung geschenkt, nie hätte ich das erwartet, so eine Fahrprüfung ist teuer, ich möchte nicht wissen, unter welchen Entbehrungen die Gutscheine besorgt wurden, und umgekehrt möchten meine Eltern nicht wissen, wie sehr ich Automobile und alles, was mit Automobilen zu tun hat, hasse. Der Quartiermechaniker Piccolotto, der wie jedes Jahr mit uns feiert, offeriert mir einen Gebrauchtwagen. Er trinkt unheimlich schnell, sein Glas ist immer leer, unter kleinen Rülpsern rechnet er die Monatsraten aus. Mein Vater ist einverstanden, ich kriege einen Lancia Delta, von dem ich jetzt schon weiß, dass er nie in seinem ganzen Leben rostfrei sein wird.

Der Piccolotto ist ein netter Mensch, einsam, die Frau hat ihn für einen Mercedesimporteur verlassen. Seither verbringt er die Tage in der hintersten Ecke seiner Bastel- und Schmierölgarage, er schraubt, hämmert und schweißt sich durch seine Tieflohnexistenz, ohne zu mucken, nie habe ich den Piccolotto klagen hören. Oft sehe ich ihn sonntags ins Garagenloch abtauchen, von wo er nicht wieder herauskommt, immer nur höre ich den Hammer oder das Schweißgerät, wenn ich draußen auf der Quartierstraße stehe und versuche, mich der Anwesenheit Piccolottos zu vergewissern, ich höre das Piccolottogeklapper und weiß, er ist da, er gibt alles. Leider sind seine Gebrauchtwagen nichts wert, obendrein viel zu teuer, aber was will man machen, der Piccolotto ist ein liebenswerter und kaputter Mensch, natürlich kauft man den Lancia Delta, man würde alles von ihm kaufen, jeden Preis bezahlen, weil der Piccolotto alles verlangen kann, weil der Piccolotto gar nie genug verlangen kann, so klein sind seine Hände.

Nachdem unsere Eltern ihre Geschenke ausgepackt haben, dort eine Kitschkrawatte, da ein Paar Discountersocken, beginnt der Piccolotto zu singen. Der Mann hat eine Kratzbürstenstimme, trotzdem wird mitgesungen, auch die Stimmen unserer Eltern erinnern kaum an Maria Callas, wir singen und trinken und lachen. Irgendwann kommen, wie jedes Jahr, die Salpaturas zu uns rüber, der Quartierkellner Francesco und seine Frau Nuria Maria. Wie üblich ist der Francesco guter Stimmung, wie üblich macht die Nuria Maria ein unbeteiligtes, kaltes Gesicht. Ihre Kinder sind gerade eingeschlafen, die Tochter zwei, der Sohn vier. Francesco bringt sardinischen Wein mit, Nuria Maria schenkt meiner Mutter ein weiteres *Ossessione Quattro*-Parfüm. Zum ersten Mal fällt mir auf, dass Nuria Maria ihrem Mann die Hand verweigert, schnell dreht sie den Arm weg, sobald sich der Mann vorbeugt, die Abstände zwischen ihnen werden immer größer, obwohl Francesco immer nachrückt. Mein Freund Luca hat es schon vor mir bemerkt und gesagt, dass sich die Nuria Maria vom Francesco trennen will, dass sie plant, mit den Kindern wegzuziehen, weil der Francesco zwar ein guter Kellner, im Übrigen aber ein Holzkopf sei. Ich kann das nicht glauben. Luca grinst und zeigt mir das Raffaelbuch, das er jetzt doppelt hat, mit besoffenen Fingern tippt er auf die Leiber und Gesichter, die Raffael da gemalt hat, ein unerreichter Meister, schau dir die Brüste und Waden an, sie wurden gemalt von einem, der das Kunstwerk überall sieht, in allem wohnt das Kunstwerk in den Augen Raffaels, *guarda, guarda*! Ich nicke und schaue zu Piccolotto, der schnell weitertrinkt, ich schaue zu Francesco Salpatura und zu Nuria Maria. Ich bin glücklich, weil ich noch nicht weiß, was in wenigen Wochen geschehen wird, weil ich noch nicht weiß, dass mein Vater bereits eine halbe Leiche ist, dass er bereits Blut pisst, wenn er zwischendurch auf die Toilette verschwindet. Der Krebs ist noch nicht diagnostiziert, aber wie alle Krebsarten geht auch der Lungenkrebs ohne offizielle Diagnose ans Werk, um die Vernichtung und den Untergang des Körpers hinter verschlossenen Türen voranzutreiben. Dieser Weihnachtsabend scheint schwerelos und frei, von der baldigen Entlassung durch Lämmle weiß ich ebenfalls noch nichts, es ist ein gutes, ein großartiges Nichtwissen, das mich einhüllt und mir die letzte und längste Atempause meines Quartierlebens erlaubt. Ein paar Wochen später wird sich dieses Gefühl für immer auflösen, ich werde Sizilien und Furtnau und Lämmle hassen.

Nie habe ich einen anderen Menschen derart gehasst wie den Lämmle, das ist gewiss. Siebzehn Jahre lang habe ich meinen Hass kultiviert, Basel konnte nichts daran ändern, und jetzt, kaum war ich wieder in Furtnau, musste mir der Kerl zufällig über den Weg laufen, einen Tag, nachdem sie meinen Freund begraben hatten! Das gute alte Lämmlemündchen, der gute alte Lämmlekörper, nicht zu fassen? In diesem Körper wohnte der Ursumpf, dieser Körper wollte mich fertig machen wegen eines *unbewilligten Telefonats ins Ausland*.

Langsam setzte ich mich in Bewegung. Ich konnte nicht glauben, dass ich es tat, aber ich folgte dem Lämmle durch die Furtnauer Altstadt. Es war ziemlich leicht, nicht aufzufallen, der Mann stolzierte mit erhobenem Kopf durch die

Gassen und schaute nicht ein einziges Mal zurück. Ihr Leben lang stolzieren solche Leute durch die Welt und saugen sie aus und werden dafür beweihräuchert. Als couragierte Wohlstandsbringer werden sie gefeiert, als Kultur- und Sozialsponsoren, man überschüttet sie mit Applaus, wenn sie ihre Spendierhosen anhaben und dort einen Kinderhort eröffnen und da eine Oper ermöglichen, sogar in den Nationalrat werden sie gewählt, wenn nicht direkt in den Bundesrat. Ihr Gesicht hängt dann überall auf Wahlplakaten herum, humanistisch aufgeputzt mittels Computerbildbearbeitung.

Neid, hat mich der Luca einmal gefragt, *Futter- und Machtneid*, das ist es, was uns wütend macht und gegen diese Leute aufbringt, was denkst du?

Lucas Kopf in Ehren, aber in diesem Fall hat er sich geirrt. Es ist nie Futter- und Machtneid gewesen, dieses Gefühl, das mich jahrelang fast überkochen ließ. Es ist immer eine Art Freiheitsneid gewesen, gepaart mit einem Hass auf alle Freiheitsräuber. Nie habe ich diesen Sozialprestigedreck gebraucht, für den sich so viele Leute ihre charakterlosen Beine ausreißen. Die Lämmles hingegen nehmen sich die größte Freiheit heraus, weil ihnen ihre eigene nicht genügt. Sie verkaufen ihren Großhunger sogar als volkswirtschaftliche Notwendigkeit, und die meisten Leute nicken und gähnen, weil sie sich längst damit abgefunden haben. Seit Jahrhunderten stehlen die Lämmles unsere Lebenszeit, seit Jahrhunderten begehen sie Raubrittertum an der allgemeinen Menschenlebenszeit, trotzdem gibt es kein Aufmucken, weil nur noch Mitläufer herumlaufen, abgesumpfte Wendehälse und Leisetreter.

Natürlich wird nach Büroschluss ein wenig Gewissen und Entrüstung geübt, ganz im Rahmen des Unternehmensleitbildes. Es wird Sekt getrunken, Erdnüsse werden geknabbert und kleine, soziale Luftbläschen gefurzt. Man gibt sich als Feierabendidealist und Abendlandhumanist, während sich die Krawatten lockern und die Kleidchen ein wenig zur Seite rutschen, damit man die Titten sehen kann, in denen durchaus ein mitfühlendes Wesen steckt, das bei Gelegenheit schon mal den Kopf schüttelt über den fernen Menschenfrieden. Prosecco-Moralisten, unsere Generation hat nichts anderes hervorgebracht. Erhobenen Hauptes sitzen sie da und parfümieren sich zu Tode. Immer schön anstoßen, nur nicht anecken, immer schön nachbeten, nur nicht nachdenken, immer schön mitknabbern, nur nicht festbeißen. *Locker* musst du dich geben, sonst fallen tonnenweise Tiramisu-Optimisten über dich her. Champagner-Demokraten, Bordeaux-Räsonneure, Sushi-Revoluzzer. Ja, ja, ja, sagen sie, der Weltschrecken ist ein alter Hut, du bist une idéaliste, n'est-ce pas, n'est-ce pas? Kaschmir-Philanthropen, Gucci-Pazifisten, wir sollten sie alle an den Haaren packen und durchschütteln, damit ihre Standardgehirne endlich anspringen.

Packen, sagte ich leise, schütteln. Immer schneller, immer entschiedener schlich ich meinem Lämmle hinterher, fest dazu entschlossen, ihn noch vor Sonnenuntergang auszulöschen.

Einmal drehte er den Kopf, aber er schaute nicht in meine Richtung, sondern zum Eingang eines Lokals. Er schien zu überlegen, dann ging er hinein. Es war natürlich ein Edellokal. Ich wartete. Ab und zu schaute ich durch die Edelfenster und sah den Lämmle edel lachen und edel essen, zusammen mit ein paar Edelverbündeten, die alle genau gleich lachen und essen. Rauchend ging ich auf und ab und sagte mir, dass es mehr als lächerlich war, was ich da tat, es gab ja nicht nur Lämmles in der so genannten Wirtschaftswelt.

Als mein Vater an Krebs starb, da lernte ich seinen Chef

kennen. Beim Begräbnis überreichte er meiner Mutter ein Couvert mit Geld. Das ist natürlich ein Segen, wenn gerade der Vater gestorben ist, vor allem dann wird so eine Geste unschätzbar, wenn du erfahren musst, dass dein Vater und deine Mutter nie geheiratet haben und das Fürsorgeamt nicht viel machen kann. Mein Vater ist zu leichtfertig gewesen, zu unvorsichtig für einen Sizilianer. Die Geschichte meiner Eltern ist kein Einzelfall, es gibt viele Sizilianer, die ihre Spanierfrauen nicht heiraten können, weil man sie in Sizilien bereits zum Heiraten gezwungen hat. Viele Sizilianer fliehen in die Schweiz, um ihren sizilianischen Zwangsehefrauen zu entkommen, aber sie entkommen den sizilianischen Zwangsehefrauen natürlich nicht, weil sich die sizilianischen Zwangstrauscheine gar nicht auslöschen lassen im sizilianischen Katholikensumpf. So kommt es, dass dein Vater eines Tages stirbt, und deine Mutter kriegt keine Witwenrente und ist gezwungen, sich den Putzfrauenrücken krumm zu schuften. Das muss einmal gesagt werden: Die Sizilianer sind Existenzvernichter aus einer schmierenkomödiantischen Traditionsverblödung heraus. Nicht einmal schreiben können sie. Wie mein Vater werden sie langsam vom Krebs aufgefressen und können nur noch auf ein Furtnauer Amt gehen, um einen *letzten Willen* aufsetzen zu lassen, ein kleines, grauweißes Papier, das mein Vater nicht lesen und in seiner Nutzlosigkeit nicht erkennen kann, denn ein letzter Wille ist nichts gegen die Logik der Trauscheine, es gibt kein Witwengeld, wo kein Trauschein vorhanden ist, so tragisch und grotesk die Furtnauer Beamten diesen Umstand auch finden.

Für die spanische Mutter beginnt ein Überlebensalptraum, aber das ist noch nicht alles: Nachdem mein Vater kalt geworden ist, entbrennt ein Kampf um seinen Körper. Es tauchen herdenweise sizilianische Verwandte auf, du hast gar nicht gewusst, dass so viele in der Nähe sind. Aus allen Löchern kommen sie geschossen und gekrochen und herangeschlichen. Sie beanspruchen die Krebsleiche, es ist eine Frage der Ehre, sie wollen den Sarg, sie wollen das Gebiss, sie wollen die Innereien deines Vaters. Die Sizilianer rufen an und setzen dich unter Druck und kommen zum Begräbnis und heulen und brechen vor dem Grab zusammen, so markieren sie ihr Territorium, sie brechen demonstrativ zusammen und wollen den Leichnam, den sie auf dem Gewissen haben, vollständig besitzen. Jahrelang werden sie dich beschwören, den Vater herauszurücken, ihn in ein Flugzeug zu stecken und beerdigen zu lassen in der Heimaterde, so werden sie es immer nennen, *in der Heimaterde eures Vaters*.

Selbstverständlich darf man nicht nachgeben und muss den Sizilianern die kalte eidgenössische Schulter zeigen, es gibt keine Sprache, die sie schneller schachmatt setzt als die Sprache der kalten eidgenössischen Schulter, und zwar deshalb, weil die Sizilianer so eine eidgenössische Schultersprache nicht verstehen, weil sie ihnen vollkommen fremd ist und sie nicht wissen, wie sie darauf reagieren sollen, und wann immer ein Sizilianer nicht weiß, wie er reagieren soll, zieht er seinen mafiösen Schwanz ein und sucht Rat bei seiner Mama, das ist die Wahrheit, und sie gehört endlich einmal ausgesprochen.

Wenn du Glück hast, schaffst du es, die Sizilianer loszuwerden, aber die Probleme nach so einem Begräbnis werden kein Ende nehmen. Man müsste viele kleine Couverts mit vielen kleinen Geldscheinen darin bekommen, damit man nicht wehrlos dasteht, wenn plötzlich eine Rechnung vom Krankenhaus kommt. Es sterben viele Väter an Krebs, ich bin sicher, in den meisten Fällen werden die Hinterbliebenen so eine Rechnung serviert bekommen, die von der Krankenkasse nicht bezahlt wird. Nicht selten geht es um eine so genannte Gehstütze, welche die so genannten Ärzte dem Krebspatienten um den Brustkorb schnüren mussten, damit er zwischendurch *ein wenig gehen* kann. In diesem Fall teilt die Krankenkasse mit, der Patient sei zum Zeitpunkt der Entscheidung, eine Gehstütze anfertigen zu lassen, bereits nicht mehr zu retten gewesen, weshalb die Kosten nicht übernommen würden, da man die Gehstützenentscheidung nicht als eine medizinische anzusehen habe, sondern als eine *rein private.*

So eine Gehstütze ist teuer, auch Friedhofsgärtner und anständige Sargkissen sind teuer, weil nämlich überall die Lämmles im Verwaltungsrat sitzen und zuschauen, dass der Tod rentabel bleibt. Allein schon deswegen muss der Lämmle im Edelrestaurant weg. Es wird keine Pressekonferenz geben, keine Rücktrittserklärung, Lämmle wird aus seinem Restaurant kommen, und ich werde da sein und ihn für immer in die Arme schließen.

Bei diesem Gedanken fühlte ich mich gut, ich verspürte sogar Hunger und Durst. Ich war ohne Frühstück aus dem Hotel gegangen und besorgte mir schnell ein Brötchen und einen Vitamindrink. Bei meiner Rückkehr warf ich einen Kontrollblick ins Lokal (Lämmle lachte noch immer), dann suchte ich mir ein gemütliches Plätzchen. Das alles geschah nicht wegen meines Vaters, davon war ich überzeugt, es war keine Privatangelegenheit, es hatte nichts mit meinen kleinen Geschwistern zu tun oder mit meiner Flucht nach Basel, der Gestank war damals einfach allgegenwärtig. Nach dem Begräbnis ist meine Mutter *in eine Sekte* eingetreten.

Diese Sekten, immer kommen sie angelaufen, sobald ein Sizilianer gestorben ist, sobald ein Mensch vermisst wird. Sie betreten das Südländerquartier und schwingen ihre leichenfledderische, zum Himmel stinkende Bibel. Sie versprechen ein Wiedersehen mit den Würmern, sie sagen, ihr werdet den Tod überwinden, wenn ihr unser Wort befolgt, und unser Wort ist Gottes Wort, was sonst. Sie stellen ihre Dogmen auf und vernichten jeden selbständigen Gedanken und jedes natürliche Empfinden. Im ganzen Quartier machen sie die Runde und bieten das Dogma als Kopfersatz, anschließend gehen die Infizierten los und verbreiten die Botschaft weiter und weiter. Eine scheinheilige verdammte Rekrutierungsfalle.

Die Welt ist ein gnadenloses Lämmlesystem geworden, ein von Schwachsinn beherrschter Lämmleplanet. Trotzdem ist meine Aktion keine Vergeltung. Der Lämmlemord ist vielmehr eine Notwendigkeit, ja eine *Pflicht*. Man muss die Lämmles, wo man sie antrifft, auslöschen, selbst wenn man weiß, dass es nicht viel nützen wird, weil die Lämmles ja schnell nachwachsen. Ist einer über den Jordan gegangen, wird schon der nächste an Land gespült, ununterbrochen quellen viele kleine Lämmles hervor und überschwemmen die Führungsetagen der weltumspannenden Unternehmen. Aus den Universitäten werden sie gespült, aus den Erbschaftssippschaften schlüpfen sie, sie kriechen aus dem privilegierten Urschlamm ihrer Machtväter und Drecksmütter und stolzieren dann aufrecht durchs Land und werden von der Masse als Elite gefeiert, das heißt, man kriecht ihnen, den Hervorgekrochenen, in den Arsch und besorgt ihnen Kanonenfutter und blasende Sekretärinnen.

Das wird nie ein Ende haben, man muss eben damit fertig werden, genau wie mit dem Krebs.

Beim Vaterbegräbnis habe ich keine Träne vergossen, geliebt habe ich den Sizilianer, und ich habe ihn nie geliebt, er war eine grobschlächtige, erziehungsuntaugliche Person, *immer* sollte ich ihn respektieren, *bei allem*, was er tat. Er hatte nichts anderes im Kopf, nur seinen Respekt. Das muss man verstehen, was hat er schon anderes gelernt, ein so stolzer Mann, der bereits mit den Kinderhänden hart anpacken musste, verdammt zum lebenslangen Analphabetismus, was konnte er anderes lernen auf dem totgetrockneten Sizilianerboden, in den engen sizilianischen Gassen, unter den Hungerkatzen und aufgehängten Großmutterunterhosen, nur diese harte Entschiedenheit, die ihn schließlich in die Lage versetzte, die Heimat zu verlassen und in der Schweiz neu anzufangen. Willensstark ist er gewesen, zweifellos. Meine Mutter hat mir einmal erzählt, wie sie sich kennen gelernt haben, in den sechziger Jahren, auf einem spanischen Fest im Osten von Furtnau. Da hat er den ganzen Abend nur mit meiner Mutter getanzt, und am frühen Morgen hat er sie zum Häuserblock begleitet, in dem sie mit einer Arbeitskollegin wohnte. Kein Kuss, keine Fragen, nicht einmal eine Umarmung haben sie sich zugetraut in diesen Abschiedsminuten, aber kurze Zeit später erkrankte meine Mutter an einer Lungenentzündung und musste für einige Tage ins Krankenhaus. Sie arbeitete damals noch nicht als Putzfrau, sondern in einer Taschentuchfabrik, die später unter rätselhaften Umständen abgebrannt ist. Meine Mutter stand am Laufband, verpackte die Taschentücher und trug die Kartons zur Verteilermaschine, wobei sie sich in der unterkühlten Halle regelmäßig Erkältungen holte.

Der Zufall wollte es, dass mein Vater gerade in der Woche, da die Lungenentzündung ausbrach, an der Fassade des Furtnauer Kantonsspitals zu arbeiten hatte, am Gebäude, in dem meine Mutter untergebracht wurde, Nummer drei. Das Bauunternehmen, bei dem er angestellt war, führte häufig Renovierungen für die Stadt durch. Eines Nachts, die Besuchszeiten wurden streng eingehalten, soll mein Vater angeblich ans Fenster des Krankenzimmers geklopft haben. Meine Mutter schlief bereits. Eine Schneiderin aus dem Piemont, die ebenfalls an einer Furtnauer Lungenentzündung litt, vernahm die Geräusche, schaute nach und weckte meine Mutter. Da ist ein Mann für dich, flüsterte sie, draußen vor dem Fenster. Meine Mutter ging zum Fenster, wo tatsächlich ein Mann zu sehen war, obwohl sie sich im dritten Stock befanden. Ihr war, als schwebe die Gestalt still über der Erde, als hätte sie die Dunkelheit zu ihr hinaufgetragen. Sie blickte auf seine Schuhe und sah, dass er auf dem Baugerüst stand. Plötzlich beugte er sich vor und küsste sie durch den Fensterrahmen hindurch, und sie stieg zu ihm raus und hielt ihn fest. Das Gerüst schaukelte, oder sie zitterte am ganzen Körper, das konnte sie später nicht mehr sagen, aber in diesen Minuten draußen an der Fassade, über dem nachtblauen Krankenhauspark, hat sie sich in heißen Atemzügen verliebt und nicht mehr damit aufgehört bis zu seinem Ende, und er hat sie noch fester gehalten und sich ganz in ihr verloren, dann ist sie zurück ins Zimmer gestiegen. Als sie wieder gesund war, hat sie mit der Arbeitskollegin von der Taschentuchfabrik gesprochen und ihr gesagt, dass sie aus der gemeinsamen Wohnung ausziehen werde, um eine Familie zu gründen.

Was soll man so einem Mann und so einer Frau vorwerfen? Er hat es gewagt, den Boden zu verlassen, und sie hat bis heute nicht aufgehört, für ihn zu zittern. So eine Frau, die schnell zu dir hinaussteigt, so ein Mann, der weiß, welche Luftsprünge man wagen muss für ein Herz. Wer will da meckern, wenn sie ihr Kind einige Jahre später nicht mehr so liebevoll behandeln, der Gastarbeitersumpf macht die Hände klamm und die Berührungen hart. Schon als Säugling wurde das Kind weggegeben in eine so genannte Pflegefamilie, weil die Eltern arbeiten mussten den ganzen Tag. Während sechs Jahren ist das Kind fünf Tage die Woche bei der Pflegefamilie gewesen und hat dort geschlafen und sich verliebt in die Pflegefamilie. Dann mussten meine Eltern noch ein Kind machen, eine Schwester, drei Jahre später noch ein Kind, einen Bruder. Elende Gastarbeiter, lernen sich auf einem Baugerüst lieben und produzieren am Laufband Kinder. Sobald das erste da ist, geben sie es weg in die Pflege, dann reißen sie es wieder heraus und schieben die Neugeborenen nach.

Aber du hast Recht, Luca, ich sollte damit aufhören, uns zu bemitleiden, unerträglich, außerdem erinnere ich mich, dass du die Paarungsfreude unserer Eltern schon früh als logische Konsequenz ihrer Quartiergefangenschaft erkannt hast. Wie oft haben wir darüber gesprochen. Unsere Eltern haben im selben Wohnblock gelebt, jeden Tag konnten wir uns sehen und sie beobachten, und einmal hast du das Wort *Sippenköpfe* gebraucht. Unsere Eltern achten nur die Sippe, hast du gesagt, das Individuum hat für sie keinen Stellenwert, weil sie glauben, dass sie allein mit dem Sumpf nicht fertig werden, dass sie nur gemeinsam etwas ändern können. Sie werden gezwungen, billig zu arbeiten, und weil sie zur Stärkung der Sippe Kinder brauchen, produzieren sie welche, obwohl es eine große Dummheit ist, die größte Dummheit, auf die sie aber sehr stolz sind, weil sie kein anderes Mittel, keine andere Illusion gegen den Sumpf kennen – nur die Ausweitung der Sippe, nur die Vermehrung der Antikörper in Form ihres Nachwuchses.

Natürlich fand ich deine Worte gemein, als dressierter Respektsohn konnte ich nicht anders. Dennoch hat sich meine Wahrnehmung allmählich verändert. An den geliebten Sonntagen etwa, da die ganze Sippe am Tisch saß, zusammen mit Piccolotto und mit Francesco und Nuria Maria Salpatura, da schaffte ich es, genau darauf zu achten, was eigentlich gesprochen wurde, wenn gesprochen wurde, und natürlich wurde ununterbrochen gesprochen, über Wirtschaft und Politik. Der Piccolotto diskutierte mit meinem Vater, die Salpaturas diskutierten mit Lucas Vater, unsere Mütter schwafelten, unsere Onkel laberten, auch die Literatur kam nicht zu kurz. Vollmundig wurde die Philosophie erörtert und der Sinn des Lebens geortet, wobei niemand am Tisch auch nur ahnte, wie undurchschaubar und zum Verrücktwerden schön und widerwärtig die Welt ist. Die Damen und Herren sprachen von Weltpolitik und meinten doch nur ihre kleinen dummen Köpfe, sie sprachen von Philosophie und meinten doch nur ihre kleinen dummen Lebenslügen, die sie sich zurechtgezimmert hatten, um den Alltag zu überstehen. Sie sprachen von Michelangelo und Verdi, vom Größten und Bekanntesten, und meinten doch nur ihren kleinen dummen Nationalstolz. Vielleicht war das der eigentliche Schrecken, dass ausgerechnet sie, die mich gezeugt hatten, in der Schweiz, in der Ausländerfeindlichkeit, dass sie nationalistisch vergiftet waren. Der innere Faschismus, so hat es Luca einmal genannt: Unsere Eltern sind entrüstet über die Fremdenfeindlichkeit und kultivieren unbemerkt den eigenen kleinen Hass. Man muss ihnen, den Ausländern, nur die Gelegenheit geben, über noch ausländischere Ausländer herzuziehen, und sie werden es tun, mit ihren dumpfen Quartierschädeln werden sie wackeln und sich über die angeborene Aggressivität der Jugoslawen beklagen.

Noch immer saß ich in sicherer Beobachtungsdistanz zum Edelrestaurant, in dem sich Johannes Lämmle befand, mit meinem Brötchen und Vitamindrink, ich saß da und weinte.

Luca war der einzige Seelenverwandte meines Lebens. Im Grunde sind wir schon geflüchtet, bevor wir Furtnau verlassen haben, geistig und seelisch sind wir los- und wegmarschiert, Luca malend, ich schreibend. Und wenn *wir* über Bilder und Bücher und Musik sprachen, dann meinten wir nicht unsere eigenen kleinen Köpfe, sondern den Geist, der uns aus diesen Kunstwerken anstrahlte. Wir meinten die Seele dieser Erschaffer, die uns ihr Zeugnis hinterlassen hatten, das wir, mit einfachen Quartierköpfen, immerhin in der Lage waren zu erkennen als etwas Größeres, als etwas uns Übersteigendes und zugleich als etwas ganz genau in uns Hineinzeigendes, als etwas, das uns umschloss und enthielt, die Weltgedanken und Weltgefühle in all ihrer Pracht und Niedertracht, das meinten wir, das fühlten wir, das ist unser Trost gewesen damals.

Wie nah mir der Luca gewesen ist, unmöglich, dass er sich erhängt hat und jetzt in der Lokalfriedhofserde liegt mit blau angelaufenem Kopf!

Es geht um Freiheit, ich bin sicher, am Ende geht es immer um Freiheit. Zuerst nehmen uns die Eltern in Beschlag und schicken uns zur Schule in der Erwartung, dass wir etwas Besseres aus uns machen. Sie wollen in gut gemeinter Dummheit, dass wir weder Bauarbeiter noch Taschentuchpacker werden, und irgendwann haben sie es tatsächlich mit kleinen Besserwissern zu tun und sind völlig überfordert. Luca hat immer gesagt, dass wir *in* der Schule zwar versagt haben, weil uns der Sinn dazu fehlte, den Stoff zu begreifen, dafür haben wir *die Schule* begriffen. Damit hat er ins Schwarze getroffen: Die reale Schule haben wir damals in uns aufgenommen, die Pausenplätze, die Notenhysterie, die systematische Vorbereitung auf das angeblich wahre Leben, bis wir unsere Wahrnehmung nicht mehr ertragen konnten. Auch die Schule, und die Schule am allerwenigsten, verzeiht es, wenn sie durchschaut wird, am allerwenigsten von Kinderaugen und Kindergedanken. Jedes System, das durchschaut wird, verschmäht die, die es durchschauen, und Luca und ich wurden verschmäht, weil wir in der Schule einen gigantischen Wirtschaftsvorbereitungsschwindel erkannten. In der Schule zählt nicht das Denken und Begreifen, sondern nur das Funktionieren in dem von irgendwelchen Dummköpfen bereits Erdachten und Begriffenen, es geht nicht um die Entfaltung des Geistes, sondern um seine Anpassung an den herrschenden Geist.

Die kleinen Menschen werden in die Schule geschickt, dort werden sie von den Lehrern eingedunkelt und flach gemacht. Später, wenn die Schüler heranwachsen und ins Erwerbsleben hineinrutschen, wird ihnen schlagartig klar, dass sie bloß Material sind, Kanonenfutter, wie sehr die Humankapitalchefs und die Wirtschaftsberater, die Schlimmsten von allen, auch heucheln, es gehe um Menschen. Das Wirtschaftssystem braucht Menschen, das ist zweifellos richtig, aber gerade weil es richtig ist, achtet das Wirtschaftssystem darauf, dass die Menschen vollkommen austauschbar bleiben. Das System ist erfolgreich, weil es den Menschen erfolgreich vorheuchelt, dass sie nicht austauschbar seien. Die Genialität des Systems besteht darin, die Menschen so weit zu bringen, dass sie sich geschützt und gebraucht anstatt gehetzt und verbraucht fühlen, dass sie sich als Mitglieder der Lämmlefamilie empfinden anstatt als Lämmlesoldaten, die in die Lämmleschlacht ziehen, um den Lämmlekrieg auszutragen.

Aber natürlich, dachte ich, du bist längst ein Teil davon geworden! Indem du das Südländerquartier verlassen hast, um es deinem Vater zu zeigen, bist du Wirtschaftsberater geworden, ein agiler kleiner Spezialist, der den Lämmles dabei hilft, Leute wie deinen Vater bei der Stange zu halten. Ein extern beratender Vernebelungsprofi, ein hoch qualifizierter Schminkkoffertäter bist du geworden, und jetzt sitzt du da und willst Johannes Lämmle ermorden?

Es war recht lustig, denn genau in diesem Moment, bei diesem Gedanken, kam Lämmle aus dem Edellokal, flankiert von seinen Kameraden.

In meinem Kopf wurde es ganz schwummerig. Nein, nein, es kam nicht in Frage, dass ich jetzt erneut gegen mich selbst ins Gericht zog aus Feigheit vor dem Feind! Gewiss, ich war nicht besser als die anderen. Mein Beraterhandwerk war ekelhaft, aber das war nichts, gar nichts im Vergleich zum Lämmlehandwerk. Ich musste ihn mir nur anschauen, wie er die Arme ausbreitete und vor dem Edellokal Zigarren verteilte, so hatte ich nie ausgesehen, so mörderisch-elegant war ich nie durch die Welt gegangen. Nur weil ich diese Leute dabei unterstützte, den Menschen einen Cashflow-Marsch zu blasen, machte mich das noch lange nicht zu einem echten Lämmle.

Überhaupt sind Schuld oder Unschuld nie eine Frage des Prinzips. Im Prinzip sind alle Leute schuldig, im Prinzip gibt es keine mildernden Umstände. Prinzipiell gäbe es eine Rettung oder eben keine, prinzipiell gäbe es Klarheit und Wahrheit, das heißt, prinzipiell gibt es überhaupt nichts. Jedes Prinzip ist ein grob fahrlässiger Kopf- und Herzersatz. Prinzipien sind eine selbst gewählte Blindheit, eine nichts sagende Einfachheit, die wie eine Lebenseinstellung daherkommt, in Wirklichkeit aber eine Lebensverstellung ist. Alles Menschliche ist eine Frage des Maßes, und ein Angestellter ist an der ökonomischen Menschenzerstörung in einem weitaus geringeren Maß mitschuldig als sein Chef, weil der Chef das eigentliche Gehirn ist und weil das Gehirn viel mehr aushecken und anrichten kann als jedes andere Organ.

Ein absolut richtiger Gedanke, der mich mit dem Kopf nicken ließ. Schnell nahm ich die Verfolgung wieder auf. Die Gruppe blieb zusammen, offenbar hatten die Kameraden noch einen Termin, ein *Geschäftsmeeting*. Lämmle rieb sich beim Gehen mehrmals das Knie, einmal hatte ich das Gefühl, er würde das Gleichgewicht verlieren und hinfallen. Er verlor tatsächlich etwas, leider nicht das Gleichgewicht, bloß ein Papier, das er sofort vom Boden aufhob, wobei ich sehen konnte, dass sich zu seinem spitzen Mündchen jetzt unbeschwerte rosa Bäckchen hinzugesellt hatten.

Das kam bestimmt vom Wein. Solche Leute trinken ja nicht das regionale Sumpfgewächs, in aller Regel bestellen sie einen Petrus oder einen Latour. Meisterwerke, die ich niemals zum Essen trinken könnte, während diese Weltmänner im Sog ihrer Kaufkraft die größten Kunstwerke in sich hineinschütten. Ob sie ein französisches, ein italienisches, ein spanisches Kunstwerk trinken, ein südafrikanisches oder ein kalifornisches, sie nehmen es gar nicht wahr in ihrer Return-on-Investment-Debilität. Sie haben keinen Anstand und sie haben keinen Geschmack. Nur das Verschlingen haben sie im Kopf, nichts anderes. Weinkunstwerke sind wie Menschen. Die Rebe nimmt alle Einflüsse des Lebens in ihrer Umgebung auf, absorbiert sie und gibt so dem Wein seine einzigartige Persönlichkeit. Für diese Kunst als Wunder der Natur haben die Lämmles nicht den geringsten Sinn, deshalb sollte diese Kunst vor ihnen geschützt werden.

Überhaupt, das ist eine Tatsache, verfahren die so genannten Akademiker, die so genannten Gebildeten und Erfolgreichen mit der Kunst und mit dem Leben nicht anders als die Gastarbeiter. Leiden diese aus Beschränktheit und Unkenntnis an Kulturignoranz und Kunstapathie, so sind die Gebildeten aus einer akademischen Blasiertheit heraus apathisch und ignorant. Das macht sie natürlich viel schlimmer als die Gastarbeiter, man kann die Gastarbeiter gar nicht mit den Großbürgern vergleichen, denn die Großbürger handeln nicht aus Unkenntnis, sondern aus einer tief sitzenden Arroganz heraus.

Um der Arroganz vorzubeugen, muss man einen Sinn für

die eigenen Sinne haben und diese Sinne bis zum Tod am Leben erhalten. Schon meine Exfrau hat das immer gesagt. Sie war verliebt in die bildenden Künste und in die Musik. Für sie war die Kunst ein Heilmittel, ein Spiegel und ein Gemälde, und einmal, nach einem schönen Barolo, zitierte sie den Maler Dalí: Wer genießen kann, trinkt nicht länger Wein, er kostet Geheimnisse.

Mit Sicherheit hatte der Lämmle noch nie ein Geheimnis gekostet, er hatte noch nie einen weichen Nacken oder ein Gespür für den ziellosen Augenblick. Ganz egal, wie elegant sein Körper schien, unter der Haut ballte sich die pure Marktbrutalität, mochte das Wesen noch so charmant durch die Altstadt gleiten, der Lämmle gehörte endlich aus dem Verkehr gezogen.

Ich musste lachen. Das war gut! Lämmle aus dem Verkehr ziehen, gerade ihn, der doch mit dem Verkauf seiner Personenkraftwagen der Machtmensch und Nationalrat geworden war, als den ihn die ganze Schweiz kannte. Man hätte ihn auf die Straße werfen sollen, unter einen rostigen Fiat, weil er immer eine Wahl hatte im Gegensatz zu seinen Untergebenen. Da kommt man ins *Erwerbsleben* hinein und findet an Stelle des leiblichen Vaters plötzlich die wirtschaftlichen und politischen Väter vor, die Stadtväter, Gesellschaftsväter, Unternehmensväter. In einer betriebswirtschaftlich perfekt ausbilanzierten Reihe stehen sie da und erteilen Befehle. Sie setzen ihre Gürtel nicht ein, schließlich wollen sie einen Anschein von Demokratie wahren. Sie verwenden dort die Entlassung, wo früher der Gürtel verwendet wurde, sie bringen ihre Entscheidungsgewalt als Humankapitalgewalt dort zur Anwendung, wo vorher der Gürtel zur Anwendung gebracht worden ist. Dort lassen sie den Arbeitgeberverband sprechen, wo vorher der Gürtel gesprochen hat.

Männer wie Lämmle, das hat Luca gesagt, leben vom Gehorsam des Humankapitals, das sie unter sich versammelt haben, sie wären im selben Augenblick neutralisiert, in dem die Leute ihren Gehorsam verweigern. Nun sind wir keine Kommunisten, hat Luca gesagt, wir sind keine Dummköpfe und glauben nicht an die Abschaffung des Privatkapitals oder an den Sozialismus als Menschenromantik, wir glauben auch nicht an die Revolution. Wir glauben an das Privateigentum als angemessene Freiheitsgarantie, also glauben wir an das richtige Maß. Der selbständig denkende Mensch glaubt immer an das richtige Maß, er kann an nichts anderes glauben, weil er, als selbständiger Mensch, ein eigenes Maß *hat*, und weil er weiß, dass alles eine Frage des Maßes ist. So gesehen wäre ein maßvolles Kapital die Rettung, der maßvolle Mensch. Nur leider haben die meisten Menschen nicht das geringste eigene Maß, ob im Kopf, im Herz oder im Glauben. Sie verwechseln ein eigenes Maß mit Mittelmäßigkeit, das ist der Grund, warum der selbständige Mensch eine große Illusion bleibt.

Unglücklicherweise hat sich der Luca nicht geirrt. Die meisten Menschen sind kleine Papageien und plappern nach, was andere ihnen eingetrichtert haben. Ein Leben lang geht das Geplapper und gehen die Menschen mit dem Geplapper und sinken und stinken mit dem Geplapper. Sie denken wie die Schule, die sie besucht haben, sie glauben an ihren Arbeitgeber als Ordnungsinstanz, sie fühlen die Liebe, die ihnen die Literatur und das Kino vorgaukeln. Dieses weltumspannende Papageientum ist das eigentliche Drama unserer Existenz, weil ja die Lämmles getragen werden von den Papageien, und sie werden gut, sie werden hervorragend getragen von den Papageien. Das ist absolut kein Witz, es ist nur zum Lachen. Luca und ich haben nicht oft gelacht, aber manchmal haben wir dabei so viel getrunken, dass wir nicht mehr sagen konnten, warum wir es nicht schafften, überhaupt immer zu lachen.

Versunken in der Erinnerung träumte ich vor mich hin, und plötzlich *kam Johannes Lämmle auf mich zu*. Wir befanden uns immer noch in der Altstadt, umgeben von verschnörkelten Erkern, belagert von den Furtnauer Brunnen. Lautlos glitt Lämmles Körper durch die Erkerschatten, vorbei an einer urinierenden Nymphe, die anmutig vor sich hin plätscherte. Als er vor mir stand, öffnete er sein Mündchen und wollte wissen, ob ich ein Problem hätte, ob er mir helfen könne, seine Kameraden würden sich ein wenig unbehaglich fühlen, da ich ihnen offenkundig folge.

Intensiv musste ich auf seine rosa Bäckchen schauen. Ich konnte es nicht fassen, dass ich bemerkt worden war. Mit einem leichten italienischen Akzent erklärte ich, dass ich angenommen hätte, der Herr und seine Begleiter gingen auf den Klosterplatz, in der Kathedrale finde ein Konzert statt, Verdis Requiem. Man müsse entschuldigen, auf welchem Weg die Kathedrale zu finden sei?

Verdi, hat Lämmle geantwortet, das sei ja schön, ein sublimes Requiem. Verdi, hat das Mündchen immer wieder gesagt, sublim, sublim, dabei sind die Bäckchen rot geworden, und er beschrieb mir den Weg zum Klosterplatz, den ich natürlich genau kenne. Er wollte wissen, ob ich aus dem Tessin sei, ob ich geschäftlich unterwegs sei in Furtnau, und überreichte mir ein Papier. Während der ganzen Zeit erkannte er mich nicht, er überreichte mir nur sein Papier und sprach von einer Veranstaltung: Ein *politisches Forumsgespräch*, bestimmt wird es Sie interessieren, wenn Sie aus dem Tessin kommen.

Jemand rief seinen Namen. Lämmle wünschte mir eine *erfolgreiche Zeit* und verschwand mit den Kameraden in einer Seitengasse. Ich begab mich zum Klosterplatz, als fände da wirklich ein Konzert statt. Ich setzte mich auf eine Holzbank und betrachtete die Kathedrale.

Ich hatte eine Chance gehabt und sie nicht genutzt. Immer wieder spielte ich in meinem Kopf durch, wie ich es hätte ausführen können, Lämmle zwicken, Lämmle schütteln, Lämmle klatschen, Lämmle frittieren. Interessant, überlegte ich, warum sein Mündchen nicht gratinieren und seinen Arsch karamellisieren? Zuerst sollte er jedoch eine Nacht kühl gelegt werden, während eine Marinade vorbereitet wird, Trüffelschaum und Weißwein, dazu geraffelte Orangenhaut. Acht Stunden Kühlschrank, dann wird der Lämmle eingelegt, Arme und Beine in separaten Schüsseln, wo wir sie zärtlich im Mehl wenden, wo wir sie walzen und rollen und streicheln. Wir fertigen viele kleine Lämmles, einen Lämmle mit Salbeiblättern, einen Lämmle mit Auberginen und einen mit Peperoncini. Ein Lämmle mit gedörrten Kastanien, einer mit Borlottibohnen, einer mit Pecorinokäse. Lämmle in Grappa, Lämmle in Cognac. Kapern im Lämmle, Datteln im Lämmle, Zimtstängel im Lämmle. Ein gedünsteter, ein geschmorter, ein glasig gedämpfter Lämmle. Lämmle alla puttanesca, Lämmle alla fiorentina. Einen lassen wir im Sud erkalten, einen beträufeln wir mit Nusslikör, einen rösten wir, einen legen wir in Barolo ein und lassen ihn ziehen. Lämmle im Lorbeerwickel, Lämmle auf einem Pinienteppich. Lämmle pürieren, Lämmle pochieren, Lämmle halbsteif schlagen. Lämmle vom Feuer ziehen, bepinseln, stechen, umgießen. Lämmlecassata, Lämmleroulade, Lämmle carré, dazu eine Messerspitze Chilipulver. Lämmleschnitzel, Lämmlestotzen, Lämmle Mignon. Ein schaumig geschlagener Lämmle darf nicht fehlen, auch nicht ein gut abgeklopfter und auf Küchenpapier gelegter. Einer gewässert, einer gedünstet, sorgfältig abgeschmeckt der nächste. Ein durch das Sieb geriebener Lämmle, ein dampfender, ein knuspriger Lämmle. Moussiert, glasiert, trockengelegt. Einer liegt braun im Schmorsaft, ein anderer süß im Vanillestaub. Einer paniert, einer gepökelt. Schokoladennadeln für den nächsten, Mascarpone für den letzten, Safran einmal, Sultaninen zweimal. Dabei ist wichtig, dass alle Lämmles quer zur Faser geschnitten werden, auch die passende Sauce ist entscheidend, Roquefortmousse, Cumberland.

Phänomenal, rief ich und lehnte mich auf der Holzbank zurück, ein phänomenales Gericht! Dann schaute ich auf das Blatt, das mir Lämmle gegeben hatte. *Symposium mit Nationalrat Johannes Lämmle – «Europa versus Schweizer Neutralität»*.

Die Veranstaltung war für morgen Abend vorgesehen. Es war also gar nicht nötig, den Lämmle sorgfältig herzurichten, ich konnte morgen zu dieser Veranstaltung gehen, um ihn vor aller Welt zu erwürgen!

Es war seltsam, aber in diese Vorstellung mischte sich plötzlich die Erinnerung an eine gewisse Frau Schatzmeier. Ich habe eine Frau Schatzmeier gekannt in Basel, vor fünf oder sechs Jahren, aber was hatte sie mit dem Würgen von Lämmle zu tun? Vielleicht hing es mit dem Umstand zusammen, dass sie ebenfalls über einen fragwürdigen kleinen Hals verfügte. Frau Schatzmeier war eine typische graue Maus, das heißt absolut verklemmt und politisch korrekt und verlogen. In ihrer rein äußerlichen Harmlosigkeit hat sie sich schonungslos emporgeschuftet im Basler Medienunternehmen, für das wir damals arbeiteten, in der Marketingabteilung. Während mir schon nach kurzer Zeit die Perversion unseres Tuns klar wurde und nur die Kündigung weiterhalf, war Frau Schatzmeier bloß an den Unternehmenszielen interessiert, am Sich-Bewähren als reiner Effizienzkopf. Ein rechtschaffener Mensch war sie, immer bezahlte sie ihre Steuern und forderte ihre Bürgerrechte ein. Und wie jeder weiß, sind gerade solche Menschen am gefährlichsten. Rechtschaffene Menschen leben in der Illusion, ehrliche und sogar nützliche Arbeit zu leisten. Ihre Naivität kennt keine Grenzen. Mächtig legen sie sich ins Zeug und fördern um der Beförderung willen die Vernichtungsmaschine, in der sie sich befinden und die uns irgendwann alle wegpusten wird, weil die Rechtschaffenen fest daran glauben, dass ein tüchtiger Mensch allein schon seiner Tüchtigkeit wegen das Richtige tut. Es gibt eine Menge Frau Schatzmeiers, und im Laufe ihrer Wunschkarriere erleiden sie einen irreparablen Dachschaden, der früher oder später alles Menschliche auslöscht. Schatzmeiers ausgelöscht hüben und drüben, alle hetzen sie durch die Etagen und verlieren ihren Sinn für Realität und ihren Sinn für Wahnsinn. Am schnellsten verlieren sie ihren Sinn für Humor, insbesondere ihren Sinn für Ironie. So humorlos werden sie, dass sie die Firma existentiell ernst nehmen und sich unentbehrlich fühlen. Ohne mit der Wimper zu zucken beteiligen sie sich am so genannten Tagesgeschäft und verschmelzen mit der *Corporate Identity*, und wenn sie die Firma eines Tages verlassen, sind sie keineswegs davon befreit, sie verschmelzen fristlos mit der Identität des neuen Arbeitgebers, weshalb man diesen Menschen, wo man nur kann, aus dem Weg gehen muss.

Natürlich könnten wir Mitleid mit ihnen haben, da sie für ihre Dummheit ja nichts können, aber wir dürfen kein Mitleid mit ihnen haben. Kaum sind diese Menschen nämlich ein wenig aufgestiegen, zeigt sich ihr wahres Gesicht, ihr plattes, entseeltes Gesicht, das sie sich auf dem Karriereweg zugezogen haben. Entstellt und zerrissen sind sie, und dafür rächen sie sich am Tag ihrer Beförderung. Alle Verstellungen und Verrenkungen und Prostitutionen, die sie über sich ergehen lassen mussten, vervielfachen und verschärfen ihre Rache, und am Ende versteinert die pure Gnadenlosigkeit ihren Blick.

Dass ich externer Berater geworden bin, ist also logisch, wer kann schon so nahe am Geschehen bleiben und dabei zusehen, wie die Schatzmeiers zu unternehmens-symbiotischen Geschöpfen der Vergeltung mutieren? Nur wenn ich ein tatsächlicher Aussteiger geworden wäre, wenn ich eine schöngeistige Tunte ohne Kompromisse geworden wäre, nur dann wäre es mir möglich gewesen, die rohen Wirtschaftsinnereien zu meiden und meine Ent-Materialisierung voranzutreiben, aber das wollte und will ich nicht, dazu bin ich viel zu verliebt in dunkle Weine, helle Terrassen und weiche Kissen. Man muss sich systematisch *spalten*, das ist die traurige Wahrheit, man muss die Innereien aus der größtmöglichen Entfernung aushalten, andernfalls bleibt nur die lebenslange Verweigerung, der lebenslange Rückzug. Wohin das führt, sehen wir, wenn wir einen Blick auf die tatsächlichen Aussteiger werfen. Als *Alternative* sehen wir sie in geschmacklosen, ganz und gar lustlosen Kleidern und Körpern durch die verkehrsfreie Zone latschen. Sie schwafeln von Prinzipien, von Unbestechlichkeit und von Autonomie, und wir sehen sie verblöden. Wir hören sie die fabelhaftesten Gedanken äußern und können uns gut vorstellen, wie sie in der Nacht auf ihren harten Matten liegen und davon träumen, dass es ihnen nichts ausmacht. Wir sehen sie versteifen, verbittern, verschimmeln, und was wir sehen, ist mindestens so schlimm wie Frau Schatzmeier.

Alternative Frauen sind asexuelle Wesen, alternative Männer sind impotente Hunde, und sie alle trinken tonnenweise Hagebuttentee. Sie denken Fromm, träumen Jung und lesen Frisch. Sie sitzen in ihren stinkenden Kneipen, die sie *echt* und *unverfälscht* finden, und mit verklemmten Ärschen diskutieren sie die theoretische Liebe und das theoretische Leben und werden zu totalen Waschlappen. Nie bin ich einem saftvollen Hagebuttenteetrinker begegnet, nie habe ich gesehen, wie ein Hagebuttenteetrinker etwas anderes im Munde führte als die Suche nach sich selbst.

Letzten Endes ist die Proseccomoral nichts gegen die Hagebuttenmoral. Während Frau Schatzmeier immerzu bürgerlich-bieder moralisiert, moralisieren die Alternativen sozialdemokratisch-bieder. Versteht Frau Schatzmeier das Leistungsprinzip als Pflicht und Selbstverwirklichung, so verstehen die Alternativen das Herumnörgeln als Pflicht und Selbstverwirklichung. Denkt Frau Schatzmeier, sie würde denken und deshalb so leben, wie sie lebt, so denken die Alternativen genau dasselbe, obwohl natürlich keiner von ihnen etwas anderes im Kopf hat als ein Standardgehirn, obwohl sie jeden Tag ihre Widersprüche in den Sumpf stampfen und versuchen, keimfrei zu lieben.

Widerlich, einfach widerlich! Ich erhob mich von der Holzbank und verließ den Klosterplatz.

Es war bereits Abend geworden, die Altstadt wirkte verlassen, nur eine ältere Frau und ein kleiner Asiate mit kurzen Hosen lungerten in den Gassen herum. Mein Rücken schmerzte, und eine Zeit lang lungerte auch ich herum, dann blieb ich vor einem Schaufenster stehen. Da waren Regenmäntel und Regenschirme ausgestellt, dazu Ledertaschen mit goldenen Feuerzeugen darauf, in der Luft glitzernde Armbanduhren, an unsichtbaren Fäden. Ich bewunderte die szenische Ausgestaltung des Schauraums, den gezielten Einsatz der Punktstrahler.

Ich musste an meinen spanischen Großvater denken, Feuerzeugvertreter ist er gewesen, und Hauswart. Seltsam, dass ich so selten an ihn dachte, ich war gerne mit ihm zusammen. Hatte er mir einmal von der Impotenz der Alternativen und von der Inkontinenz der Bürgerlichen erzählt? Er ist nicht mein richtiger *Abuelo* gewesen, sondern der Stiefvater meiner Mutter, aber als Kind habe ich die Sommerferien regelmäßig in Barcelona verbracht. Wie steht es um deinen Saft, fragte er mich eines Tages, ich erinnere mich gut: Wir saßen auf der Treppe vor dem schmalen Haus, in dem er mit der Mutter meiner Mutter wohnte, ein etwas heruntergekommenes Haus in einem kaum an die Schweiz erinnernden Agglomerationsquartier, etwa zwanzig Metrominuten von den Ramblas entfernt. Wir kamen gerade vom Schulhaus, das sich in der Nähe befand und wo mein Großvater während der Sommerferien als Hauswart arbeitete. Das Schulareal blieb über die Ferien offen, im Rahmen eines Programms gegen die Jugendkriminalität. Die Anlage verfügte über einen großen Kieshof, einen Kinderspielplatz sowie ein Spielfeld für Handball und Korbball, es gab Räume mit Pingpong-Tischen, Fernsehgeräten und Stereoanlagen. Die Mädchen, die dort auftauchten, waren im Vergleich zu den Furtnauer Geschöpfen in einem unglaublichen Maß wach, offen und formvollendet. Freilich war ich zu gehemmt für einen näheren Augenschein, wenn auch dann und wann gewisse Signale in meine Richtung gesandt wurden, die mich unter der Haut kitzelten. Es war kaum ein Zufall, dass mein Großvater an diesem Tag etwas über meinen Saft wissen wollte, über meine *Tomates*, ob da alles prächtig am Gedeihen sei oder wie? Meine Scham war groß, das typische Erwachsenenlächeln blieb allerdings aus, überhaupt schien er sich nicht mit jener schmunzelnden Haltung an mich zu wenden, die ich später bei so vielen Älteren beobachtete, er wirkte sehr ernst, beinahe besorgt, als hinge was weiß ich von den Tomaten ab. *Esta bien*, sagte er finster, diese Dinge können warten, solange du keine Angst hast vor Handbetrieb. In diesem Moment überkam es mich, zum ersten Mal in meinem Leben erzählte ich von den Nachtfilmen, die seit kurzem an der Decke über meinem Bett abliefen, immer häufiger in letzter Zeit und immer saftiger, nicht zu vergessen die Taschentücher, ein Mann muss sich entladen, wenn das Fleisch kocht. Auch jetzt lachte er nicht, schien lange zu überlegen. Er sei elementar, dieser Saft, meinte er, das einzige Zeichen mentaler und körperlicher Gesundheit, meine Hand könne ich darauf verwetten, dass die meisten großen Leute es nur noch auf ein paar jämmerliche Tröpfchen brächten, so sei das eben mit den Menschen, das Glück baumelt direkt vor ihren Augen, und sie schießen um Lichtjahre daneben auf dem Weg irgendwohin, nur nicht *dahin*. Er fasste sich zu meinem Entsetzen zwischen die Beine, auf der Treppe vor dem Haus, wo uns die Passanten sehen konnten. *Sangre de Toro*, das ist nicht nur ein guter Wein, das ist der einzige Wein auf der Welt, *entiendes*?

Etwa eine Woche später fand auf dem Schulareal ein Fest statt. Das hatte Tradition, die meisten Nachbarn kamen hin. Tanzen und Singen war selbstverständlich, wer kein Instrument beherrschte, vermochte zumindest seinen Körper auf Touren zu bringen, von meinem Körper einmal abgesehen, diesem Schweizer Kleinkäse, der gut aufpassen musste, wenn er nicht ranzig werden wollte. Süßlicher Fischduft lag in der Luft an solchen Abenden, Mädchen in extrem kurzen Röcken, dem üblichen Elternprotest zum Trotz, in den Gängen erschienen sie und strahlten, schwebten daher und verschwanden anmutig zwischen den Turngeräten, verführerische Entjungferungsmöglichkeiten in Hülle und Fülle, wobei ich, wie mir schien, nie den Mut aufbringen würde, meine *Tomates* unter sie zu mischen, um in den Genuss eines gepfefferten Gemüseauflaufs zu kommen. Jahrzehnte, dachte ich, müssten noch vergehen. In diesem Jahr gab es, zubereitet in einer großen, auf Kohle liegenden Pfanne, eine Paella.

Die Pfanne war tatsächlich größer als ein Lastwagenreifen. Mehrere Männer mussten die Zutaten herbeischleppen, während sich die Frauen ans Kochen machten. Manchmal sah man sie schon nachmittags, Stunden vor dem Fest, zu zweit oder zu dritt vor der Monsterpfanne stehen, bewaffnet mit besengroßen Schöpfkellen, die sie, miteinander sprechend, Anordnungen zischend, durch die dampfende Reismasse kneteten. Der Fisch und das Fleisch wurden von allen bezahlt, einzig der Wein in den Plastikkanistern schien niemanden vor Finanzprobleme zu stellen. Mein Großvater spielte hervorragend Gitarre, meine Großmutter konnte singen wie auf den Platten, die sie mir oft vorspielte. Die beiden waren in bester Gesellschaft, man soff und musizierte gemeinsam, ohne die geringste Anstrengung scheinbar, wie eine vom katalanischen Gott zusammengewürfelte, einstimmige Großfamilie. An den Pingpong-Tischen wurde gepafft und die Welt korrigiert, auf dem Spielplatz ein Gerenne, und zwischen den Turngeräten, die man zu Sitzplätzen umfunktioniert hatte, schwebte der Hitzenebel über den Tellern. Auf den Turnmatten lagen Kinder und Erwachsene, ineinander verwickelt oder nach Körpergewicht aufeinander gestapelt, das Gelächter und Gefluche teilten sich den Luftraum, wie in einem Wettkampf um den größten Dezibelausstoß, nur wenn der Gesang und die Ziehharmonikas den Schulhof durchströmten, schien sich eine behutsamere Gangart durchzusetzen. Neben dem Wein gab es auch einen lokalen Sekt, beliebt vor allem bei den Jüngeren, süß, kalt, trügerisch. In den meisten Fällen war es zu spät, wenn man auf die Idee kam, damit aufzuhören, zum Glück war mir die hinterhältige Wirkung bereits bekannt, so dass ich an diesem Abend nur an einem mittleren bis halbschweren Verlust der Körperkontrolle litt.

Während im eingedunkelten Kieshof Lieder gesungen

wurden, suchte ich mir in den Gängen über dem Handballfeld ein Plätzchen, um den Rausch abklingen zu lassen und eine Zigarette zu rauchen. Kerzen wurden über den Platz getragen, entspannt schaute ich zu. Wie von alleine glitten die Lichter durch die Nacht, hier und da einen gelblichen Hauch auf die Gesichter werfend, die über den Kerzen dahinschwebten, Frauengesichter, wie es schien, nur für Sekunden sichtbar, mit Zahnlücken und Stirnfalten. Es war nicht meine erste Zigarette, aber mit Sicherheit schmeckte sie besser als alle bisherigen, und während ich, auf dem Boden sitzend, mit dem Rücken zur Wand, genüsslich inhalierte, tauchte plötzlich eine Gestalt im Gang auf. Ich konnte das Gesicht nicht erkennen. Ob Mann oder Frau, ob jünger oder älter, es war zu dunkel. Schnell steckte ich meine Zigarette weg, und als ich etwas sagen wollte, wurde es auf einmal heiß zwischen meinen Beinen. Ich erschrak und dachte, meine Blase hätte den Geist aufgegeben, dann fühlte ich jenes eigentümliche Lendenfeuer, das sich bis jetzt nur an die Oberfläche getraut hatte, wenn ich alleine war, eine vollkommen überwältigende Geilheit. Da saß ich und hatte einen Ständer, während die Gestalt stöhnte oder kicherte, es blieb undeutlich. Die Enge meiner Hose schmerzte, ich erhob mich und ging auf die Gestalt zu, die sich auf einmal abwandte, aber der Durst auf den anderen Körper war jetzt so groß, dass ich die Verfolgung aufnahm. Der Ständer lotste mich gewissermaßen durch die Gänge und zurück in den Hof, manchmal glaubte ich die Gestalt wiederzuerkennen, unter den Singenden, zwischen den Mädchen bei der Paellapfanne oder auf einer Turnmatte. Zum Glück spendeten die Kerzen wenig Licht, so dass die Beule in der Hose unentdeckt blieb, bis ich mich abgekühlt hatte. War vielleicht alles nur Einbildung gewesen? Wer weiß, und meine Sehnsucht hatte mir, orchestriert vom trügerischen Sekt, einen Streich gespielt.

Nach dem Vorfall lernte ich jedenfalls ein Mädchen namens Juanita kennen. Sie war mir schon vor Sonnenuntergang bei den Turnmatten aufgefallen, und im totalen Übermut ging ich auf sie zu und sprach sie an. Leider musste sie gegen Mitternacht nach Hause. Ich durfte sie begleiten, und wir umarmten uns zum Abschied. Später haben wir uns wiedergesehen, es blieb jedoch bei der Umarmung, am Ende schien sie einen älteren Handballspieler zu bevorzugen.

Ich erzählte die Geschichte meinem Großvater, einige Tage nach dem Fest. Wir saßen in seinem kleinen Peugeot und fuhren auf der Autobahn Richtung Mataro, einem Vorort von Barcelona. Ich liebte es, ihn auf seinen Handelsreisen zu begleiten. Mein Großvater verkaufte seine Feuerzeuge immer persönlich, die Firma ließ ihn auch nach der Pension seine Touren fahren, auf Provisionsbasis. Er machte seine Sache gut, mit seinem Lederkoffer und mit seinen goldenen und silbernen Modellen versorgte er Kleingeschäfte und Privatkunden mit Hunderten von Neuheiten. In diesem Fall waren wir unterwegs zum Inhaber eines Kleidergeschäfts in Mataro, wir gondelten schon eine Weile dahin. Endlich fasste ich Mut und kam auf die Juanita-Niederlage zu sprechen. Er meinte, das werde schon noch kommen, *veras*, in einigen Wochen, kaum zurück in der Schweiz, würde ich ein Mädchen kennen lernen und meine *Tomates* würden nie mehr dieselben sein. Natürlich hatte ich meine Zweifel, die weiblichen Geschöpfe schienen mich einfach nicht ranzulassen, als Zuhörer höchstens, außerdem kannte ich keine Furtnauer Mädchen, die ich gerne geküsst hätte. Überhaupt dieses Furtnau. Jetzt lachte mein Großvater endlich. *No es facil*, sagte er, vor Jahren sei er das letzte Mal in Furtnau gewesen, um meine Mutter zu besuchen, er habe am ganzen Körper geschlottert, so kalt sei es gewesen, aber meine Mutter sei eine gute Mutter, auch mein Vater, obwohl Sizilianer, des Spanischen nicht mächtig, den Unterschied zwischen *Rioja Alta* und *Tempranillo* kenne er nicht, scheine ganz in Ordnung, ein gewissenhafter Mann. Schlägt er dich manchmal? Erschrocken warf ich meinem Großvater einen Blick zu, während er ruhig den Wagen lenkte. Er wusste von den Gürtelschlägen? Ich müsse Geduld haben, fuhr er fort, meine Mutter kämpfe seit Jahren gegen die sizilianischen Stürme, aber es wird nie so sein, wie es sein sollte. *El Amor*, sagte mein Großvater, Hauptsache, die Sonne bleibt nicht zu lange weg, wenn die Körper zittern, *entiendes*? Nein, ich verstand nicht, er zitierte gerne spanische Dichter, die außer ihm niemand kannte, bestimmt war das ein solches Zitat. In Mataro verkaufte mein Großvater dem Besitzer des Kleiderladens eine ganze Feuerzeugserie. Der Kunde war fett, roch säuerlich und grinste die ganze Zeit, aber irgendwie mochte ich ihn, seine Freude über die neuen Feuerzeuge war umwerfend, sofort testete er ihre Wirkung im Schaufenster. Zusammen mit Großvater kniete er in der Auslage und arrangierte zwischen den Kleidern und Taschen die Feuerzeuge. Ich wurde rausgeschickt, um das Gesamtbild zu beurteilen, gab Handzeichen, schüttelte den Kopf, lobte Verbesserungen, bis die Männer selbst schauten und sich zufrieden trennten.

Die Feuerzeuge meines Großvaters waren natürlich nicht so schön und teuer wie die, die ich jetzt, Jahre später, im Furtnauer Schaufenster in der Altstadt entdeckte, auch das Arrangement war bei weitem nicht so raffiniert, aber das war logisch. Furtnau ist eine viel teurere Gegend, dachte ich, und in einem Schaufenster spiegelt sich immer das Wohlstandsniveau der Umgebung, im Grunde hat ein Schaufenster keine andere Funktion.

Ich zitterte, es zog jetzt ein harter Wind durch die Gassen, ich schaffte es kaum, mir eine Zigarette anzustecken.

Für einige Sekunden spielte ich mit dem Gedanken, das Spanische Klubhaus aufzusuchen, das sich, sofern es noch existierte, ganz in der Nähe befand. Früher hatten wir oft dort gegessen, das Furtnauer Tagblatt hatte es gerne als einen *Ort gelebter Integration* bezeichnet. Ich hätte eine Paella bestellen können oder *Gambas ajillo*, einen halben Weißen, dazu Schwertfisch, aber eigentlich war ich nicht hungrig, das Klubhaus hatte mir nie besonders gefallen, es wirkte alles laut und gezwungen, eine verzweifelte Heimwehinsel irgendwie. Ich bin sicher: Je besser und treuer der Koch spanisch kochte, desto schmerzhafter wurde dem spanischen Gast bewusst, wie sehr er seine Heimat vermisste.

Ich suchte mein früheres Stammlokal auf und bestellte einen Tee und einen Grappa. Der Kellner mit dem Ballonkopf, der mich gewiss wiedererkannte, ließ sich nichts anmerken, er brachte mir sogar ein Glas Wasser, wahrscheinlich hatte er das in Italien gelernt.

Eine Weile schien mein Kopf freier zu werden. Leider kam mir bald meine Exfrau in den Sinn, unser gemeinsames Kind in Basel, vielleicht deshalb, weil sich zwei Frauen im Lokal aufhielten, sie saßen hinter mir und sprachen über Erziehungsprobleme. Natürlich versuchte ich nicht hinzuhören, aber bald hatte ich nur noch Erziehungsprobleme im Kopf und musste mir sagen, dass im modernen Elterndasein viele Gefahren lauern, die von der modernen Gesellschaft, insbesondere von den Frauen, verschwiegen werden.

Die Frauen wollen immer ein Kind, und sie bekommen immer ein Kind, sogar mehrere, weil die Männer immer mitmachen, denn die Frauen sind viel gerissener als die Männer. Sind die Kinder einmal da und wachsen heran, dann spricht man in den höchsten Tönen von ihnen, selbst wenn es sich um selbstsüchtige kleine Wohnzimmerzertrümmerer handelt. Natürlich erwähnt man den Stress und den Schlafentzug, dass Kinder das Leben verändern und dass die Frauen zu Beginn etwas unempfänglich werden für Körperlichkeit. Dafür stellt man die Schönheit der Geburt in den Mittelpunkt und bläht sie auf und schaut zu, dass die kinderlosen Zuhörer ins Staunen kommen. Dass die Frauen etwas unempfänglich werden für den Mann, ist natürlich ein Witz, in Wahrheit werden sie total desinteressiert. Sie hegen und pflegen und knutschen ihre Kinder und haben nichts anderes mehr im Kopf. In dieser Zeit müssen sich die Männer damit abfinden, dass ihre Frauen zu totalen Müttern mutieren. Auf einmal liegen totale Mütter neben ihnen im Bett, wo vorher gerade noch Frauen lagen, es sprechen und denken totale Mütter, wo eben noch Frauen gesprochen und gedacht haben, Mutterköpfe und Mutterkörper und Mutterkleider erscheinen dort, wo man gerade noch Frauenköpfe und Frauenkörper und Frauenkleider bewundern konnte. Die Frauen werden zu umsorgenden Ungeheuern, weil sie die Mutterschaft mit der endgültigen Empfängnis verwechseln, mit der totalen Kindertrunksucht. Das scheint ihnen absolut natürlich, und je länger sie dabei bleiben, desto größer wird ihr Ekel vor primitiven Paarungsritualen.

In Basel bin ich mit unserem Kind oft in den Kinderhort gegangen und habe mich dort mit den Müttern unterhalten. Im Angesicht ihrer schauerlichen Frisuren und ihrer geistlosen Lippen verspürte ich eine Salz- und Pfefferlosigkeit, wie ich sie nie für möglich gehalten hätte. In den ersten Wochen habe ich mich auf die spielenden Kinder konzentriert, allerdings hielt ich nicht lange durch, aus einem eigenartigen Mangel an Gegenwartsliebe, eine Eigenschaft, die sich unter Erwachsenen ja häufig beobachten lässt. Ich musste mich wieder unter die Kinderhortfrauen mischen, und das hat, wie ich denke, zu einer grundlegenden Korrektur meines Mutterbildes geführt. Ergriff ich vorher blindlings für die

Mütter und gegen die Väter Partei, also für das Umsorgende als das Weibliche und gegen die Verantwortungslosigkeit als das Männliche, konnte ich diese politisch korrekte Dummheit nicht weiter aufrechterhalten. Es dauerte allerdings eine Weile, bis ich kein Mitleid mehr hatte, die Basler Mütter erzählten mir unablässig, wie allein sie seien im Haushalt, wie lange der Mann arbeite und auch noch den Sonntag verschlafe, wie schlimm es sei, dass der Mann nach einem langen Tag Sex wolle, sogar am Samstag, wenn man endlich etwas Zeit als vollzählige Familie miteinander verbringen könne, sogar dann würden die Kerle von schwitzenden Körpern träumen.

Aus welchem Grund hätte ich ihnen nicht glauben sollen, wie hätte ich in ihren erschöpften Gesichtern etwas anderes sehen können als die unwiderlegbaren Spuren ihres Selbstopfers? Das Problem war nur, dass ich bald einige ihrer Männer kennen lernte und die taten mir noch viel mehr Leid. Das muss einmal gesagt werden, es ist eine gemeine Entstellung und Verzerrung der Wirklichkeit, wenn die Leute immer die Frauen in Schutz und die *Verantwortung* in den Mund nehmen. Mit diesem Wort wird das Paarleben einfach auf die Elternfunktion reduziert, immer nur ist die Verantwortung gegenüber dem Kind gemeint, keine andere. Die Frauen beklagen sich und heulen, gleichzeitig übernehmen sie für die Beziehung nicht die geringste Verantwortung mehr. Die Frauen sagen, der Mann sei unbrauchbar im Haushalt, während sie als Liebespartnerin schon lange ihr Haltbarkeitsdatum überschritten haben.

Es ist nicht zu fassen, was die Frauen da treiben. Kaum sind Kinder im Spiel, schneiden sie ihren Männern ganz eigentlich den Schwanz ab, und sie schneiden erfolgreich, weil nur stückchenweise und unauffällig. Sie schneiden jeden Tag, sie schneiden in jeder Minute, während der sie sich zurückziehen, an den Schwänzen ihrer Männer herum, in jeder Situation, in der sie immer nur über den Kindergarten reden, wird geschnitten und geschnippelt und demontiert. Kein Wunder, dass die Männer sich knusprige Sekretärinnen suchen. Kein Wunder, dass sie ihren Schwanz im Büro stecken lassen, denn was zu Hause auf sie lauert, ist eine schnippelnde, beißende und staubtrockene Frau, die alles saugt und nichts mehr bläst.

Das ist die Wahrheit und sie gehört endlich einmal ausgesprochen! Hingegen ist es absolut unwahr, dass die Männer eifersüchtig seien auf die Kinder. Das ist eine plumpe Unterstellung, mit der die Frauen versuchen, ihre Männer als Zeugungs- und Finanzochsen lebenslang zu beherrschen. Man darf nicht in diese Falle hineintappen, im Gegenteil muss der Schwanz zu seiner Lebens- und Paarungsfreude stehen und es nicht zulassen, dass ihn der Mutterkopf weich klopft. Im Übrigen suchen die Männer in ihren Frauen auch keine Mamas, die sie umsorgen. Man hört ja immer wieder, dass die Männer nur deshalb davonrennen, weil sie nicht mehr *im Mittelpunkt* stehen. Das ist lächerlich, nie habe ich jemals auch nur eine Sekunde lang das Verlangen gehabt, dass sich meine Frau in meine Mama verwandle, wäre das geschehen, hätte ich mich unweigerlich aus dem Fenster stürzen müssen. Frauen, die den Männern einen Mutterkomplex unterstellen, gehören in den Staubsauger gestopft.

Ich bestellte einen Doppelten und Dreifachen und dachte an Luca.

Nur selten haben wir über Beziehungen gesprochen, in Liebesfragen ist er sehr zurückhaltend gewesen, aber einmal hat er plötzlich die Hand auf meine Schulter gelegt. Weißt du was? Wenn es um Beziehungen geht, berufen sich die meisten Leute auf so genannte Naturgesetze, ist dir das schon aufgefallen? Sie behaupten mit Vorliebe, dass Männer und Frauen grundverschieden sind, womit sie natürlich jede Eigenverantwortung leugnen. Sie reden sich auf höhere Gesetze, auf biologische oder gesellschaftliche Sachzwänge heraus, um ihre Liebesunfähigkeit zu rechtfertigen. Das lächerlich bequem, ohne Frage, aber es wird gefährlich ernst genommen. Die Frauenmagazine und die Männermagazine, selbst die Tageszeitungen sind voll von diesem soziologisch-biologisch-neurologischen Schwachsinn, und dieser Schwachsinn wird zum unüberwindbaren Beziehungsgraben vertieft. Auch wenn es sein mag, dass uns gewisse Gesetze beeinflussen: Es ist ebenso wahr, dass sich die Leute mit solchen Argumenten nur lossprechen wollen von jeder Selbstkorrektur und Beziehungsarbeit.

Dieser Analyse von Luca kann ich nur beipflichten. Die meisten *Liebespaare*, die ich in Basel kennen gelernt habe, sind fanatisch, ja fundamentalistisch geworden, wenn ich es wagte, ihnen gegenüber von hausgemachten Beziehungsgräben zu sprechen, wenn ich behauptete, sie würden ihre so genannte Natur nur vorschieben, um persönliche Unzulänglichkeiten an eine übergeordnete Instanz zu delegieren. Ich wurde ausgelacht, wie hätten mich diese Leute auch ernst nehmen können? Schließlich handelte es sich nicht um sanfte, unbefangene Liebende, sondern um totale Naturgesetzler. Der typische totale Naturgesetzler macht aus jeder Neurose ein kosmisches Problem, eine genetische Zwickmühle. Er kennt keinen Unterschied zwischen Fleisch und Idee, zwischen Spiritualität und Spiritus, zwischen Biologie und Idiotie. Ist er weiblich, so will er dich von der Existenz zahlreicher spiritueller Zwischendimensionen überzeugen, die der durchschnittliche Mann gar nicht wahrnehmen kann in seiner Schwanzbezogenheit. In ganz schlimmen Fällen umtänzeln und umwehen dich die schönsten Weisheiten aus dem Frauenzeitschriftenbuddhismus. Der männliche Naturgesetzler verhält sich ähnlich, meistens gibt er vor, dass die Frauen das mystische Geheimnis der Liebe viel besser verstehen als die Männer, nicht etwa, weil er das wirklich glaubt, er hat sonst einfach keine Chance, den weiblichen Naturgesetzler ins Bett zu kriegen, um sich in die Astralebene zu ficken. Natürlich würde der Naturgesetzlermann das nie zugeben, darum spricht er lieber von Kontemplation statt von Kopulation. In jedem Fall aber, ganz gleich, ob weiblich oder männlich, ist der Naturgesetzler ein selig lächelnder, pseudosouveräner Denkdilettant, der die Willkür verabscheut und das ungereimte Leben hasst. Alles wird mit blödsinnigen Gesetzen erklärt, das größte menschliche Chaos hat sich früher oder später dem Kopf des Naturgesetzlers zu fügen und in eine Fügung zu verwandeln. Der Naturgesetzler erträgt die Absurdität so wenig wie der Vampir das Weihwasser, er faucht und winselt und kriecht lebensfeige im Talschlamm herum, bis er einen tieferen Grund gefunden hat, vorher wagt er sich nicht auf die Beine, vorher kann er nicht aufrecht gehen und das Leben gern haben, weil er nicht um alles in der Welt existieren möchte ohne Obersinn und Unterbau, weil seine Angst vor der Selbstentlarvung maßlos ist. Jedes Ungenügen und alles Schäbige wird ausgeblendet, umdefiniert, wegparfümiert. Noch der stinkigsten Erbärmlichkeit wird etwas Positives abgewonnen. Im ganzen Menschenwahnsinn wird immer nur eine Chance gesehen, eine ewige große Chance, die von den meisten Menschen leider nicht erkannt wird, namentlich von den einfachen Arbeitern, die sich erst auf Stufe zwei bewegen. Der Krieg ist die Chance auf Frieden, der amoklaufende Buchhalter die Chance auf strengere Waffengesetze, der erhängte Mann die Chance auf ein besseres Scheidungsrecht. Die größte Gefahr ist eigentlich ganz klein, deshalb redet man, besonders in der Deutschschweiz, nie von einem Schlaganfall oder von einem Infarkt, nur von einem Schlägli, nur von einem Infärktli. Der Krebs wird zum Prüfstein, die Querschnittlähmung zum Neubeginn. Schamlos wird das menschliche Leid verniedlicht, damit es sich ohne Widerspruch in den großen Zusammenhang einordnen lässt. Wo der Naturgesetzler auftaucht, bleiben rosa wattierte Weltbilder zurück, wo er seinen astralen Zuckermund öffnet, zwingt er weniger harmonische Köpfe dazu, die Bestürzung zu ächten und das ungesüßte Leiden abzulehnen als Entwicklungsrückstand, und wenn das so weitergeht, wird das Leiden und Mitleiden an öffentlichen Orten bald verboten sein.

Wenn du diesen Astralscheiß ablehnst, wird man natürlich wissen wollen, warum du so ein verzweifelter Zweifler bist, so ein ungläubiger Freiheitsfanatiker ohne die geringste metaphysische Demut. Und tatsächlich, das muss ich zugeben, werden die Leute damit nicht ganz daneben treffen. Irgendwie habe ich mich immer unverhältnismäßig frei gefühlt, sogar mitten im Quartiergestank habe ich gespürt, *es gibt mich*. Alles Zwischenmenschliche ist letztlich hausgemacht, davon bin ich überzeugt, und die Leute ertragen das nicht. Sie haben eine Heidenangst vor der Hausmannskost, vor der Freiheit als Entscheidungsfreiheit. Wo jemand einigermaßen frei ist, kann er auch einigermaßen frei handeln, und wo er das kann, kann er auch verantwortlich gemacht werden. Aus diesem Grund ziehen es die Leute vor, unmündig zu bleiben, das ist immer schon so gewesen, die *Aufklärung* hat daran nichts geändert. Die Menschen wollen vor allem kein schlechtes Gewissen haben, als wäre ein schlechtes Gewissen das Schlechteste, was ihnen passieren kann, als könnten sie von einem schlechten Gewissen nichts lernen, ja unter Umständen könnten sie das Allerwichtigste über sich und ihre Mitmenschen lernen von einem schlechten Gewissen, wenn sie nicht um jeden Preis keins haben wollten.

Wie viel *Angst* in den Menschen hockt und festhockt! Wie nachhaltig diese Angst die Menschen innerlich und äußerlich ruiniert! Dabei müsste das alles überhaupt nicht sein. Luca hätte diese Welt überlebt, sogar ein Mann wie Johannes Lämmle wäre besser zu ertragen, wenn wir nicht so fanatisch und dumm wären in unserer Angst.

Johannes Lämmle, fragte ich mich erschrocken, bist du sicher?

Ja, ich war mir sicher, plötzlich wurde mir klar, dass auch der Lämmle nur ein fürchterlicher Witz war. Unfassbar, aber das Gefühl blieb an mir haften, und so kam es, dass ich in einer seltsam versöhnlichen Stimmung das Lokal verließ und durch die nächtlichen Straßen zog. Mir schien, ich könne jetzt ins Hotel gehen und einschlafen und am nächsten Tag ohne jeden Groll aus Furtnau verschwinden. Mir schien, ich könne Lämmle vergessen und frei sein ab sofort, weil alles hausgemacht war und sich die ganze Sumpferregung als belanglos herausstellen würde, sobald ich in Basel war und aus der Distanz darüber lachen konnte – ich bin sogar mit diesem Gefühl eingeschlafen, aber am nächsten Morgen reiste ich trotzdem nicht ab, weil mich ein Brief erreichte, und dann wurde mein Aufenthalt ein gemeiner hinterhältiger Alptraum.

DRITTER TAG

– Puls –

Gerade wollte ich die Hotelrechnung bezahlen, da reichte mir die Rezeptionistin einen Umschlag. Es war ein Brief von Lucas Mutter. Sie bat mich, *al piu presto possibile* zu ihnen in die Wohnung zu kommen, sobald ich diese Mitteilung erhielte, sonst müsse sie annehmen, dass der Brief *troppo tardi* eintreffe.

Ich begab mich zum Marktplatz und stieg in den Bus. Noch nie hatte ich einen Brief von Lucas Mutter bekommen, aus irgendeinem Grund war ich stets davon ausgegangen, sie könne gar nicht schreiben, wie mein Vater. Als ich im Bus saß und mich der im Brief aufgeschriebenen Adresse näherte, legte ich meinen Kopf ans Fensterglas und blickte auf die vorbeischaukelnden Einkaufstüten und Verkehrsampeln.

Lucas Eltern lebten immer noch im Wohnblock und im Quartier, in dem sie schon vor fünfzehn Jahren gelebt hatten, warum überraschte mich das? Inzwischen war bestimmt ein Albaner- und Mazedonierquartier daraus geworden. Es würde mir nicht gut tun, an diesen Ort zurückzukehren und den Hinterhof wiederzusehen, wo ich mit Luca Torschüsse geübt hatte. Du solltest den Brief nicht beachten, dachte ich, in der Eile hast du vergessen, die Zeche zu zahlen, nur weil Lucas Mutter dich zu sich gebeten hat. Aber du kannst den Brief unmöglich ignorieren, du bleibst im Bus sitzen, nicht aus Mitgefühl, nicht einmal aus Pflichtgefühl. Du bleibst sitzen, weil du dich daran erinnerst, dass Lucas Mutter schon einmal deine Hilfe brauchte. Lange hast du es vergessen. Lucas Mutter hat deinen Namen gerufen damals, jetzt erinnerst du dich und hörst sie wieder: Ihre Stimme kommt aus dem Treppenhaus. Zweimal ruft sie deinen Namen, dann ruft sie deinen Vater und deine Mutter. Es ist ein milder, etwas schläfriger Tag, wahrscheinlich ein Samstag, dein Vater ist nicht auf der Baustelle, zu Hause liegt er auf dem Sofa. Fast gleichzeitig horcht ihr auf und schaut nach. Im ersten Augenblick bleibt undeutlich, ob Lucas Mutter tatsächlich schreit oder vielleicht laut auflacht, aber als ihr sie seht, ganz allein im Treppenhaus, im Bademantel, da wird es heiß in deinem Magen. Weder Luca noch ihr Mann scheinen in der Nähe zu sein. Zuerst denkst du, es sei etwas mit Luca passiert, sofort erkundigst du dich nach deinem Freund, sie antwortet mechanisch, *in citta con suo padre*, die Hitze in deinem Magen lässt nach. Lucas Mutter geht zu deinem Vater und nickt seltsam mit dem Kopf. Offenbar versucht sie seit Stunden, ihre Freundin Nuria Maria Salpatura zu erreichen, die Frau des Quartierkellners Francesco, die Frau des Mannes, den du so magst, weil er ein ruhiger, feiner Typ ist und alles über Wein weiß. Lucas Mutter hat Angst um ihre Freundin, sie geht nicht ans Telefon und nicht an die Tür, offenbar haben auch die Verwandten seit zwei Tagen nichts von ihr gehört. Dein Vater schaut dich an. Francesco Salpatura, das wisst ihr beide, ist vor einer Woche nach Sardinien gefahren, mit den beiden Kindern. Nuria Maria will sich von ihrem Mann scheiden lassen, jeder im Wohnblock weiß darüber Bescheid. Das erste Mal seit ihrer Heirat will die Nuria Maria ihre Ferien ohne den Mann und ohne die Kinder verbringen, in Furtnau, weit weg von Sardinien. Wann habt ihr sie zuletzt gesehen? Vor drei Tagen, ihr seid sicher, auf der Quartierstraße habt ihr sie getroffen, sie wirkte zufrieden, ihr Gesicht sah nicht unbeteiligt aus wie sonst, sie hat sogar gelächelt.

Ihr begebt euch ins Erdgeschoss und klopft an die Tür der Salpaturas und klingelt und ruft. Unterdessen sind mehrere Leute im Treppenhaus aufgetaucht. Sie beschließen, es vom Hinterhof aus zu versuchen, über ein Fenster wollen sie in die Salpaturawohnung steigen und die Sache prüfen. Die Polizei rufen, auf diese Idee kommt niemand, die Polizei ist etwas für die *Svizzeri*, außerdem könnte sich das Ganze noch immer als Fehlalarm herausstellen. Die Fenster zur Salpaturawohnung sind verriegelt, eine Weile stehen alle im Hinterhof herum und reden ideenlos im Kreis. Plötzlich nimmt dein Vater einen Stein, geht zum Küchenfenster und schlägt zu. Du staunst, weil die Scheibe sofort kaputtgeht, lautlos beinahe. Dein Vater steckt den Arm durchs gezackte Loch, öffnet das Fenster und steigt in die Wohnung. Niemand traut sich, ihm zu folgen. Es vergehen Minuten, wie dir scheint, dann taucht das Gesicht deines Vaters wieder auf, so blass, dass du es zuerst gar nicht erkennst, ein Mondgesicht, ein Kalkgesicht. Du kannst dich nicht mehr beherrschen, es ist absolut kopflos von dir, trotzdem schwingst du dich aufs Fenstersims, stößt deinen Vater beiseite und gehst in die Wohnung. Du biegst um die Ecke ins Wohnzimmer und siehst die Nuria Maria dort liegen, ein grünes Tuch umschlingt ihren Hals, der Mund steht offen, die kleine Zunge klebt an der Unterlippe fest. Alles in dir ist wie lahmgelegt, als würde dein Körper eine unendliche unmögliche Betriebspause machen, während du die Leiche betrachtest und für immer in dir speicherst, während du den Frauenkörper genau studierst und dich im Geist über den Frauenkörper legst und aus nächster Nähe darüber hinweggleitest, um zu begreifen, um zu riechen und zu schmecken, was da genau liegt, was da genau übrig geblieben ist von der Nuria Maria, die du gekannt hast. Nichts, sagst du dir, auch als du nach draußen gehst und dich die anderen fragen und sich tragödienhungrig um deinen Vater scharen, *Nichts* wiederholst du unablässig, selbst als die Leichenspezialisten aus der Stadt eintreffen und die Polizei eure Aussagen aufnimmt, immer nur dieses Wort kannst du denken. In den folgenden Tagen kursieren die üblichen Gerüchte, von Sexualmördern ist die Rede, von Einbrechern und Selbstmord.

Erst in der Zeitung erscheint eine plausible Version: Francesco Salpatura ist mit seinen Kindern nach Sardinien gefahren, um sie bei der Großmutter unterzubringen, anschließend hat er sich ins Auto gesetzt und ist zwischen zwei und drei Uhr morgens wieder in Furtnau eingetroffen. Es bleibt ungeklärt, ob er zu diesem Zeitpunkt bereits die Absicht hatte, seine Frau zu strangulieren. Es ist nicht auszuschließen, dass er mit ihr reden wollte, um die Scheidung zu verhindern, dass es zu einem heftigen Streit gekommen ist und alles außer Kontrolle geriet. Die heimliche Rückkehr in der Nacht legt allerdings nahe, dass der Francesco die Absicht hatte, unbeobachtet in den Wohnblock zu gelangen, woraus man schließen muss, dass er ebenso unbeobachtet wieder aus dem Wohnblock herauskommen wollte. Das deutet darauf hin, dass er seine Flucht und damit den Mord bereits in Sardinien geplant hat. Monatelang wird die bevorstehende Scheidung in ihm gewütet haben, ein verzweifeltes, ohnmächtiges Brennen, das ihn schließlich in die Nacht hinaustrieb und über die Autobahnen jagte. Wie ein Wahnschatten, wie ein Quartierdämon muss er in die eheliche Wohnung eingedrungen sein, und seine Frau, die auf keinen Fall seine Frau bleiben wollte, die nichts suchte als ihre Entfesselung und ihr lachendes, im Quartier unmöglich gemachtes Gesicht, die nichts anderes sein wollte als endlich die *Nuria Maria*, sie hat den Dämon erwartet. Bestimmt hat sie schon immer seine Ankunft geahnt, bestimmt hat sie sofort um sich geschlagen und alles getan, um ihren Atem zu retten, aber der Francesco war stärker und nahm in seiner gemeinen unvorstellbaren Stärke ein grünes Tuch und brachte sie zum Schweigen. Dann ist er wieder in den Wagen gestiegen, aber nie in Sardinien angekommen. Unterwegs hat er sich eine Kugel durch den Kopf gejagt, in einem Straßengraben nahe Milano wurde er gefunden, am Steuer seines Wagens. Es bleibt ungeklärt, woher er den Revolver hatte, ob der Revolversuizid ebenfalls geplant war und also der Revolver längst im Wagen lag, oder aber, ob Francesco den Mord zwar in Sardinien beschlossen hatte, ihm aber erst nach der Ausführung bewusst wurde, dass seine Frau jetzt tot in der Wohnstube lag, im selben Raum, in dem sie Jahr für Jahr zusammen Weihnachtsgeschenke verpackt und ausgepackt hatten. Erst auf dem Rückweg könnte ihm das klar geworden sein, also hat er sich in Milano einen Revolver besorgt, um sich sein Gehirn rauszuschießen. Die Kinder der beiden sind, soviel ich weiß, für immer in Sardinien geblieben, bei der Großmutter.

Nicht zu fassen, wie viele Leichen ich gesehen hatte in diesem Quartier, auf das ich mich jetzt zubewegte, in das mich der Bus jetzt zurückschaukelte. Wieder und wieder nahm ich mir vor, doch noch auszusteigen und das Weite zu suchen, aber ich blieb sitzen, bis der Bus angekommen war.

Es hatte sich kaum etwas verändert, das war mein erster Eindruck. Mein Atem ging überraschend gut, während ich die Quartierstraße überquerte und mich auf den Wohnblock zubewegte. Er sah renoviert aus, eine Weile stand ich da und studierte die Fassade. Ich suchte meine Zigaretten. In diesem Moment wurde mir übel.

Noch schlimmer wurde es im Innern des Wohnblocks, ich

hätte auf der Stelle loskotzen können, sobald ich die Wohnblockinnereien betreten hatte, sobald ich mich im alten Treppenhaus befand, in dem ich mich sogleich, von einer Sekunde auf die andere, als Kind herumrennen sah, zusammen mit Luca. Am Fuß der Treppe sah ich uns spielen und dann im Keller verschwinden, im Dunkeln hörte ich uns flüstern und Geheimnisse austauschen. Ich sah Lucas Vater auftauchen und uns verjagen, ich sah meinen Sizilianer auftauchen, und wie immer, wenn der Sizilianer im Keller aufgetaucht ist, packte er mich an den Haaren, weil ich es nicht lassen konnte, mit Luca in den Kellerschatten zu spielen und den Hauswart zu ärgern.

Natürlich war ich froh, dass nicht die strangulierte Nuria Maria auf mich zukam, oder der aus dem Kopf blutende Francesco mit seinem Revolver. Die Übelkeit verschwand auch prompt, fast ein wenig locker stieg ich in der Gegenwart die Treppe hinauf, während in der Vergangenheit der Luca mit mir zusammen die Treppe herunterrannte, direkt an mir vorbei, wahrscheinlich rannten sie draußen weiter in Richtung Schule oder Garagenhinterhof, die Kinder, die wir waren damals, mit einem unglaublich kleinen Körpergewicht. Ich hörte sie lachen, während ich die Treppe hochstieg, aus der Vergangenheit zu mir herüber- und hineinlachen hörte ich sie und musste mich beherrschen.

Lucas Eltern durften mich nicht so sehen, auch wenn sie geglaubt hätten, dass ich wegen ihres Sohnes weinte, auf keinen Fall durften sie mich so sehen, niemand durfte mich so sehen. Als ich vor der Lucawohnung stand und die Klingel betätigen wollte, hörte ich erneut die Hinterhofkinder. Ein Ball prallte gegen die Holzgaragentür. Jemand verlangte einen Elfmeter. Ich atmete ein, draußen wurde Anlauf genommen. Ich klingelte, die Tür scherbelte los, laut und billig wie früher.

Lucas Mutter öffnete und umarmte mich. Aufhören, dachte ich, aufhören. Dann bemerkte ich die Veränderung in ihrem Gesicht. Sie war nicht bloß gealtert, wie man das erwarten muss nach fünfzehn Jahren, sie hatte überall fahles Haar bekommen, Augenringe und ein dünnes Gesicht, unter dessen Haut fast nur noch Knochen zu sehen waren.

Wortlos führte sie mich in die Wohnstube, die immer noch voll gestopft war mit italienischen Kitschperversionen, noch schlimmer als früher, katholischer und kleinbürgerlicher Plunder, wo das Auge hinreichte, und mittendrin, auf einem grünen Sofa, saß Lucas Vater, völlig versunken, nicht im Sofa, in sich selbst versunken, das Gesicht leblos, vielleicht wegen des Stoffbezugs, der unter dem einfallenden Tageslicht alles grün einfärbte.

Als er mich bemerkte, erhob er sich langsam, und ich dachte, dass er viel kleiner war, als ich ihn in Erinnerung hatte. Seine Hand wirkte schlaff, als würde sie zufällig in meiner landen und dort kleben bleiben. Ich konnte nicht lange in sein Gesicht schauen. Vor dem großen Fenster hinter dem Sofa stand immer noch der Plastiktisch, an dem Lucas Mutter früher ihre Lacostekrokodile ausgeschnitten und gesäubert hatte, allerdings waren die Lacostekrokodile nicht mehr zu sehen, auf dem Plastiktisch standen jetzt venezianische Gondeln und eine nicht minder abstoßende Blumenvase. Jenseits der Fensterscheibe zeichneten sich die Dächer der umliegenden Gebäude ab, irgendwo dazwischen der Schriftzug *Piccolotto.* War es möglich? Der alte Piccolotto, er arbeitete immer noch hier? Unwahrscheinlich, vermutlich hatte jemand die Garage gekauft und den Namen aus Gründen des Marketings übernommen, immerhin war hier der Name Piccolotto bekannt, er stand für solides Handwerk. Ich schaute durchs Fenster auf den kleinen, ölverschmierten Vorplatz der Werkstatt. Auf der linken Seite standen zwei alte Fiats, direkt gegenüber lag ein Stapel Autoreifen. Niemand zu sehen. Ob der Piccolotto vielleicht doch auftauchte, wenn ich die Werkstatt lange genug im Auge behielt?

Plötzlich begann Lucas Vater zu sprechen, italienisch, aber in einem lausigen, Deutschschweizerisch verhackstückten Italienisch, als würde er als Furtnauer versuchen, sich italienisch zu geben. Man habe vor vier Wochen ein chinesisches Restaurant im Quartier eröffnet, meinte er, wenige Gehminuten von hier entfernt, ein schönes Restaurant, dennoch hätten er und seine Frau noch nie dort gegessen, man müsse aufpassen mit der chinesischen Küche, man müsse auf der Hut sein vor der chinesischen Küche, man könne nie wissen bei der chinesischen Küche, eine dubiose Küche sei das, eine für Nicht-Chinesen geradezu Unheil bringende Küche.

Endlich ließ er meine Hand los, und ich schaute auf seinen dumm gebliebenen Mund, der sich geräuschlos schloss. Auf einmal hielt er sich die Hände vor die Augen, als hätte ihn etwas ins Gesicht getroffen, der Mund klappte auf und stieß eine Reihe von Seufzern aus, die mir die Kehle zuschnürten. Schnell wandte ich mich ab, und wir seufzten vor uns hin, vielleicht seufzte auch Lucas Mutter irgendwo, ich konnte es nicht sehen, sie war verschwunden, vermutlich in die Küche, wie früher.

Immer war Lucas Mutter in der Küche verschwunden, wenn ich diese Wohnung betreten hatte, um meinen Freund zu besuchen. Der einzige Seelenverwandte meines Lebens war er gewesen, gerade noch hatte ich uns als Kinder im Treppenhaus gesehen, jetzt war dieses selbe Kind tot und hatte einen blau angelaufenen Kopf, einen leblosen, für immer reglosen, den Würmern ausgesetzten Scheißkopf.

Wieder begann Lucas Vater zu sprechen, von den Medien, in denen seit Tagen Berichte kämen über den Luca, über den Luca als Selbstmörder und als Attentäter, als *Gabelstecher*. Ein guter Mensch sei sein Sohn gewesen und ständig riefen Reporter an und verlangten mehr Geschichten.

Verweigern, habe ich zu Lucas Vater gesagt, du musst die Auskunft verweigern, die Medien wollen einen weinenden Vater und eine weinende Mutter, so genanntes Witwenschütteln, das ist alles, was die Medien wollen. Du musst eine Geheimnummer organisieren, angesichts der Umstände wird man dir eine geben, oder ihr geht von hier weg, verstehst du mich, verstehst du mich?

Er nickte, und ich fragte ihn, warum sie nach mir gerufen und woher sie gewusst hatten, in welchem Hotel ich abgestiegen war.

Er schien nicht zu verstehen, offenbar glaubte er, ich sei von mir aus gekommen, um ihnen mein Beileid auszusprechen. Ich wollte den Brief erwähnen, da erschien Lucas Mutter, und ihr Mann begann sie anzuschreien. Es ging um eine Art Abschiedsnotiz, die Luca hinterlassen hatte. Die Polizei hatte die Notiz zwei Tage vor dem Begräbnis beschlagnahmt und inzwischen eine Kopie geschickt. Das Problem war anscheinend, dass Lucas Eltern nichts anfangen konnten mit den Zeilen, die ihr Sohn auf Deutsch niedergeschrieben hatte, bevor er sich erhängte.

Lucas Vater gestikulierte wild und verschwenderisch, genau wie früher. Man habe doch entschieden, die Zeilen niemandem außerhalb der Familie zu zeigen, man habe doch entschieden, auf den Onkel Roberto zu warten, dessen Deutsch gut genug sei, um die Zeilen dem Rest der Familie zu erklären, es sei unverantwortlich, jetzt noch den Jugendfreund in die Sache hineinzuziehen und Briefe in die Welt hinauszuschicken, eine große *stuppidaggine*, eine große *vergogna*.

Lucas Mutter bat mich ins Gästezimmer, in dem schwerfällige Möbel herumstanden. Früher war es das Kinder- und Jugendzimmer von Luca gewesen. Trotz der Möbel wirkte es unverändert, dieselben Vorhänge, dieselben Tapeten, dasselbe Bett, sogar der Kühlschrank war noch da. Lucas Mutter durchsuchte eine Schublade. Ja, es hatte in dieser Wohnung immer schon einen zweiten Kühlschrank gegeben, weil der Kühlschrank in der Küche zu klein war für die ganze Familie. Mein Freund musste in diesem Zimmer leben ohne die geringste Privatsphäre, weil andauernd jemand hereinplatzte, um sich aus dem Zweitkühlschrank zu bedienen. Luca durfte sein Bedürfnis nach Zurückgezogenheit durch das Abschließen der Tür nie auch nur signalisieren, immer musste er damit rechnen, dass jemand hereinstürzte, um ihn daran zu erinnern, dass dieses Zimmer nur scheinbar sein Zimmer war. Ich hatte es nicht viel besser, auch mir war es untersagt, das Zimmer abzuschließen, nie konnte ich mit Luca oder mit einer Freundin allein sein und über Gott lästern.

Lucas Mutter reichte mir ein Blatt, das sie der Schublade entnommen hatte. Ich las. *Kippschalter: Schaltung, bei der sich das Ausgangssignal (der Ausgangszustand) sprunghaft zwischen zwei Werten ändert bzw. kippt. Das System befindet sich in einem existentiellen Entscheidungszustand (Systemtheorie). Das Subjekt muss sich schneiden, wenn es nicht zum Ausgangssignal passt, Kippzustand, Kopfschnitt.*

Es war mir nicht möglich, eine Übersetzung zu liefern. Ich wusste zwar, was ein Kippschalter war, hatte jedoch keine Ahnung, wie das auf Italienisch genannt wurde. Dennoch versuchte ich zu erklären, dass es um technische Dinge gehe, dass die Zeilen vielleicht gar keine Abschiedsnotiz darstellten, sondern eine Arbeitsnotiz.

Lucas Mutter weinte. Lange hielt ich das Blatt in der

Hand, ich wollte diese Wohnung nicht mit dem Blatt verlassen, auf keinen Fall. Ich hob es hoch, um es irgendwohin zu legen, sah aber nirgends eine ebene Fläche, nur all diese Möbelstücke, auch an die Schublade, aus der es stammte, kam ich nicht heran, Lucas Mutter stand davor. Schließlich griff ich nach ihrem Arm und drückte ihr das Ding in die Hand und ließ sie im Zimmer zurück. Ich durchquerte die Wohnstube, in der Lucas Vater wieder auf dem grünen Sofa saß, und verließ die Wohnung.

Im Treppenhaus, auf halbem Weg zum Ausgang, kam mir plötzlich die Idee, das Gebäude nicht gleich zu verlassen, sondern zuerst die Wohnung aufzusuchen, in der früher meine Familie gelebt hatte. Eine dumme Idee, aber ich konnte nicht widerstehen und blieb auf dem dritten Stock stehen, dort, wo sich die Wohnung meiner Familie befunden hatte, genau ein Stockwerk unter der Lucawohnung, eine Wohnung mit identischem Grundriss, eine Wohnung, in der mein Vater und meine Mutter ihre Kinder in die Welt gesetzt und dann beherrscht hatten.

Hinter dieser Tür wurde der Gürtel benutzt, dachte ich, und ich stehe da und will sogar klingeln und die gegenwärtigen Bewohner bitten, mich einzulassen, damit ich mich umsehen kann, damit ich mich erinnern kann an die vielen Niesel- und Nebeltage und an meine erste Freundin, die mir das Sommergras zeigte, das von meinem Jugendfenster aus zu sehen war: Das Gras im angrenzenden Quartier, in dem sie wohnte, in das meine Freundin mich regelmäßig entführte, wo ich ihr hinterherlaufen konnte auf der Jagd nach dem ersten, alles beherrschenden Kuss, bis wir in unserer Atemlosigkeit Ernst machten, bis sie mir ihren Körper entgegendrehte und sich öffnete und die Grenzen verwischte.

Du darfst diese Wohnung nie wieder betreten. Auch wenn du vielleicht vom Jugendfenster aus noch immer das

Gras sehen würdest, geh auf keinen Fall einen Schritt weiter, sonst siehst du plötzlich deinen Vater dort stehen, ich bin sicher, der Vater würde dort stehen, sobald die Tür aufgeht. Als Leiche würde er dort stehen und seine halb zerfallene Hand nach dir ausstrecken, und er würde wollen, dass du dich auf dein früheres Kinderbett legst. Die Leiche würde husten, modernd und schlotternd würde sie dich ins Zimmer führen und dir unter fauligen Atemstößen Geschichten erzählen. Ihre Totenworte würden wie aus weiter Ferne zu dir dringen, weil ihr Mund voller Erde wäre und diese Erde brockenweise aus ihrem Schlund fiele, während der Leichnam von den Tagen der Krebslosigkeit spräche, von den Tagen, da in diesen Räumen noch eine Familie war, *bevor ich krepiert bin*, bevor du uns verlassen hast. So würde die Leiche sprechen und meinen Kopf packen, und ihre verfaulten Finger würden in meinem Haar kleben bleiben, und ich würde schreien und mir die Finger vom Kopf klopfen. Immer mehr Erde würde die Leiche ausspucken und endlich mit voller Lautstärke loskreischen. Zähl mir die Tage auf, an denen ich für dich da war, und zähl mir die Tage auf, an denen du für mich da warst, und du wirst sehen und wissen, die ganze Welt wird sehen und wissen, dass du schlecht bist und zur Rechenschaft gezogen gehörst. Genau das würde die Leiche sagen und schließlich zerfallen und mich zwingen, das Zimmer meiner alten Tage sauber zu machen.

Ich schaffte es, mich von der Tür weg zu bewegen, irgendwie gelangte ich nach draußen, ich erinnere mich nicht genau, aber sobald ich die frische Luft um mich hatte, den freien Himmel über dem Kopf, war ich froh um meine Stärke, um meinen jahrelang geschulten Willen, der mich dem Vergangenheitssog des Gebäudes entzog. Gut, gut, ich durfte jetzt auf keinen Fall zurückschauen, ich musste stark und fest sein und weitergehen.

Es funktionierte. Der Sizilianer ist tot, dachte ich, der Krebs hat ihn weggefegt und nichts übrig gelassen. Geh nur weiter. Du darfst aber nicht vergessen, dass der Sizilianer auch fürsorglich gewesen ist, so wie jeder Sizilianer immer auch fürsorglich ist, wenn man sich nicht erlaubt, als eigenwilliger Kinderkopf vor ihm aufzutreten. Unter dieser Voraussetzung wird man verwöhnt. Es ist ein altbekanntes, lebenslanges Tauschgeschäft: die kindliche Eigenständigkeit und der kindliche Wille gegen die väterliche Großzügigkeit und die väterliche Liebe. Der Sizilianer *kann* großzügig sein, ohne Frage, aber seine Respekterwartung wird ihm regelmäßig das Herz zuschnüren. Gewaltlose Körperlichkeit wird ein Luxus bleiben, der Sizilianer wird mit Zärtlichkeit geizen, wo es nur geht, nicht aus Herzensgeiz natürlich, sondern aus einem herzhaften Unvermögen heraus. Weder dem Sizilianer noch seiner spanischen Gefährtin wird es möglich sein, das Kind länger als einige Sekunden zu umarmen oder festzuhalten.

Ich schwitzte, meine Füße arbeiteten wie wild, ich musste sie zum Stillstand zwingen. Ich suchte meine Zigaretten hervor und setzte mich auf einen Mauervorsprung.

Das Gastarbeiterquartier war außer Sichtweite. Das gab mir ein Gefühl der Sicherheit. Sowie ich jedoch die Zigarette angesteckt hatte, musste ich daran denken, dass ich nach meinem Wegzug von Furtnau, in meiner ersten Basler Wohnung, Alpträume hatte. Oft wachte ich in der Nacht auf und öffnete die Balkontür, weil mir im Traum die Sizilianerleiche erschienen war.

Zuerst sah ich den Sarg auf dem Balkon, auf einmal lag er da, als sei er von der Erde des Furtnauer Friedhofs ausgespuckt worden und nach Basel geflogen. Versumpft und verrottet sah die Kiste aus, schlagartig öffnete sie sich, die Deckel flogen hoch, aber das Holz war so aufgeweicht, dass es sofort auseinander fiel und sich überall verteilte, und mein Vater wurde sichtbar, unversehrt, voller Knochensaft und Erdenkraft. Er richtete sich auf und begann, mit den Fäusten gegen die Balkontür zu schlagen, es polterte und quietschte, während die nassen Leichenfäuste immer wieder übers Glas glitschten und groteske Schmutzsterne zurückließen. Ich lag starr vor Schreck, bis ich endlich realisierte, dass ich ja kein Kind mehr war und es mit ihm aufnehmen konnte. Ich ging auf ihn los und schlug zu. Ich weiß, schrie ich ihm ins Gesicht, du willst mich zur Rede stellen, weil ich Mutter allein gelassen habe mit den Geschwistern, aber ich scheiße auf deinen Respekt, nie wieder wirst du mir Angst machen! Runter mit dir, auf die Knie und zurück in den Sarg! Immer fester schlug ich zu, und ich war stärker, ich war größer und tatsächlich sogar *wütender*, und so schaffte ich es, ihn wieder in den Sarg zu zwingen.

Es hat eine Weile gedauert, bis die Träume aufhörten, bis ich ihnen die Luft abdrehen konnte, bis meine Frau aufgetaucht ist und wir in eine größere Wohnung ohne Balkon zogen.

Ich rauchte die Zigarette zu Ende und beobachtete dabei meine Hand, sie war ganz ruhig. Da musste ich an Luca denken, an die Notiz, die seine Mutter mir gezeigt hatte. Vielleicht hatte ich das Blatt zu schnell aus der Hand gegeben, es war gut möglich, dass die Notiz doch einiges bedeutete. Ob ich vor dem Verlassen der Stadt versuchen sollte, mehr über die Systemtheorie herauszufinden?

Ich ging ins Zentrum, in eine Bibliothek, wo ich die Begriffe Kippzustand und Systemtheorie heraussuchte, aber was da erklärt wurde, war sehr abstrakt. Lange saß ich im Leseraum und blätterte in mehreren *Sachbüchern*, dann kam mir das Wort Kopfschnitt in den Sinn, das in der Notiz ebenfalls vorkam.

Den Kopf schneiden, den Kopf stutzen und kürzen, warum kam ich erst jetzt darauf? Man müsste sich im Laufe des Lebens ganz eigentlich regelmäßig den Kopf abschneiden lassen. Man müsste in offizielle Kopfabschneidesalons gehen und zu den Kopffriseuren sagen: Bitte schneiden Sie mir den Kopf so und so kurz, nächste Woche möchte ich diese und diese Gedanken nicht mehr haben. Daraufhin würde der Abschneider, der natürlich auch eine Frau sein kann, ans Werk gehen, um seine Kunden wunsch- und termingerecht zu erleichtern, bis die inneren, geistigen Haare wieder nachwachsen und ein neuer Salonbesuch erforderlich wird. Es müsste eine eidgenössisch anerkannte Ausbildung zum Kopfabschneider geben, eine Ausbildung auf höchstem Niveau, die entsprechende Schädelkapazitäten und Hirnkoriphäen hervorbrächte, krankenkassenpflichtige Spezialisten, ich bin sicher, das würde viele Gebrechen als Verbrechen verhindern. Wenn man allerdings genau darüber nachdenkt, muss man hinzufügen, dass den meisten Leuten so ein Salon nicht viel bringen würde, weil sie nur wenig mit sich herumtragen, dessen sie sich durch gezielte Schnitte entledigen könnten. Die meisten Menschen leiden nämlich an fremden Gedanken, weil sie einen ganz und gar unselbständigen Kopf mit sich herumtragen, einen Kopf, der im Laufe der Jahre zu einem reinen Gedankenempfänger geworden ist, zu einem reinen Transistor. Die meisten Menschen können nichts gegen ihre Gedankenlast tun, weil die Quelle dieser Gedanken außerhalb ihres Zugriffsbereichs liegt. Die Quelle ist ein übergeordneter Kopf, der gar nie anwesend ist und nicht gepackt werden kann, ein gewaltiger, mit Schallwellen operierender Überkopf, der ununterbrochen seine tonangebenden, nicht wegzuschneidenden Gedanken sendet.

Das muss man sich einmal vorstellen! Da rennen all diese

Menschen ohne eigenen Kopf in der Gegend herum und haben keine Ahnung, wozu sie fähig wären, wenn ihr Kopf tatsächlich *ihr* Kopf und ihr Geist tatsächlich *ihr* Geist wäre. Sie ahnen nichts von ihrer eingeschläferten, dauerberieselten Innenwelt, vom umnachteten Geisterkontinent, der tief unter der Haut begraben liegt, ohne jemals an die frische Luft zu kommen. So viele Seelen bleiben ihr Leben lang ein Transistor, bis die dazugehörigen Körper als Leichen ebenfalls begraben werden, während die Menschen so vieles hätten zum Leuchten bringen können, bevor die letzte Stunde geschlagen und alles zerschlagen und zur Funkstille verdammt hat.

Trotzdem dürfen wir natürlich kein Mitleid mit den Menschen haben. Ungeachtet ihrer Unselbständigkeit stolzieren sie nämlich vollkommen selbstbewusst und, wie immer wieder kopflos gesagt wird, *pragmatisch* durch die Welt, obwohl sie absolut dogmatisch sind und auf keinen Fall pragmatisch. Das kann man überall beobachten, es wimmelt nur so von geschäftigen Pragmatismustheologen, die uns alle immer wieder ins Verderben stürzen und dann schockiert ihre Unschuld beteuern, ihr nahezu unfassbares Bedauern.

Kein Mitleid, sagte ich laut in den Leseraum hinein, kein Mitleid. Dann merkte ich, dass sich inzwischen einige junge Leute eingefunden hatten. Sie schauten zu mir herüber. Wahrscheinlich Studenten, es lagen Bücher vor ihnen auf dem Tisch, Notizblätter. Universität Furtnau, bestimmt hatte man sie dazu verbrummt, elastische und unelastische Nachfragekurven zu berechnen. Junge Menschen, die noch nichts wussten von ihrem nahen Glück als hoch spezialisiertes Wirtschaftskanonenfutter, voller Autonomieillusionen saßen sie da, um sich zu *bilden*. Nach dem Abschluss würden die wenigsten von ihnen Humor haben, aber im Augenblick lächelten sie noch und waren fleißig.

Genau wie die Leute an der Expertenschule in Basel damals, die waren auch alle fleißig, man versuchte schließlich, jemand zu werden. Das hat mir gefallen, bis wir zu den Wirtschaftsfächern kamen, da musste ich feststellen, dass ich umzingelt war von arglosen, verkürzt denkenden Expertenköpfen. Die Angebot-und-Nachfrage-Religion war für sie keine Religion, sondern eine Wissenschaft. Die *unsichtbare Hand* des Marktes regelte für sie alles und verwandelte ihren Egoismus in Selbstverantwortung und ihren Kaufkraftfaschismus in Chancengleichheit. Inzwischen ist diese Marktwundertüten-Religion natürlich weit verbreitet, wer würde das bestreiten? Früher war Gott die alles regulierende, alles entschuldigende Idee, heute ist es der freie Handel. Schwachsinnige, Ambivalenz leugnende Glaubensköpfe, die Welt ist schon immer voll von ihnen gewesen, wohin wir auch gehen, immer werden wir von ihnen umzingelt sein, effektive Pragmatiker- und Systemvollstreckerköpfe.

Systemvollstrecker, sagte ich laut. Erneut schauten die Studenten zu mir herüber, diesmal hielt ich ihrem Blick stand. Sie schauten weg und kicherten.

Passt bloß auf! Seht her, ich bin ein Paradebeispiel für eure künftige Existenz. Als extern beratender Vollstrecker arbeite ich im Auftrag der Chefvollstrecker an der möglichst appetitlichen Darstellung des Systemvollzugs, am möglichst appetitlichen Umsetzen der Niedertracht. Passiert ein Chemieunfall in Basel, dann erteile ich den Betriebsleitern Ratschläge und sage ihnen, welche Worte sie in welchem Zusammenhang gegenüber der Öffentlichkeit gebrauchen dürfen, um die Interpretationshoheit über die Katastrophe zu behalten, und das sage ich im Dienst der Katastrophenverursacher, welche die Katastrophe natürlich so interpretiert haben wollen, dass am Ende das Wort *Katastrophe* in den Medien gar nicht mehr vorkommt, nur noch das Wort

Zwischenfall. Das ist meine Kunst, wäre meine Kunst eine andere, wäre sie nicht so gut bezahlt, denn nur eine Kunst, die der Wirtschaft nützt, wird gut bezahlt, und der Wirtschaft nützen nur Untaten, nichts anderes.

War nicht gerade das der springende Punkt? Luca hatte das Wort Kopfschnitt gar nicht in Bezug auf sich erwähnt, er hatte es auch nicht allegorisch gemeint, sondern ganz naturalistisch, er hatte das Wort auf die Wirtschaftsführer bezogen. Deshalb der Gabelangriff im Edelrestaurant, er wollte die Herren nicht bloß angreifen, sondern tatsächlich *köpfen*, so macht man das ja auch beim Vampir! Nachdem der Pflock durch sein Herz getrieben wurde, folgt das Köpfen. Pflockstoß, Kopfschnitt, so die Reihenfolge, anschließend das Begraben des Kopfes in geweihter Erde, damit der Untote seine Macht verliert. Das ist sauber und gründlich, und mit dem Humankapitalkopf müssen wir genau gleich verfahren. Er gehört zwar nicht zu einem Untoten, doch aber zu einem Untäter, deshalb muss, damit der Humankapitalvampir seine Macht verliert, sein Kopf ebenfalls in geweihter Erde begraben werden.

Luca war sich absolut über seine Handlungen im Klaren, es hatte nichts mit Wahnsinn zu tun. Ich musste jetzt unverzüglich aus dem Leseraum verschwinden und mir ebenfalls einen Humankapitalkopf suchen, den ich abschneiden konnte, und natürlich wusste ich längst, zu wem dieser Kopf gehörte.

Als ich die Bibliothek verlassen hatte, hoch motiviert, wie man sagen kann, setzte ich mich, ohne es zu wollen, in ein Restaurant und bestellte eine Pizza. Blödsinn, sagte ich mir, in der Bibliothek hast du wieder einmal nur Blödsinn gedacht! Nie im Leben wirst du den Kopf von Johannes Lämmle abschneiden, dazu bist du viel zu feige, du solltest lieber deinen eigenen Kopf zubereiten. Du solltest in deiner

Basler Wohnung ein Eigengericht ausrichten, du solltest dich tatsächlich genau so herrichten, wie du einmal den Lämmle zurichten wolltest. Du machst aus dir Kopfschnitzel oder besser Kopfgeschnetzeltes mit Rösti. Du darfst aber nicht kopflos kochen, auch wenn das in zahlreichen Restaurants immer wieder getan wird. Nein, nein, zuerst nimmst du deine Finger. Einer wird gedünstet, einer geschmort, glasig gedämpft der nächste. Ein Fuß im Lorbeerwickel, der andere auf einem Pinienteppich. Die Schenkel pürieren, pochieren, halbsteif schlagen. Ein schaumig geschlagener Arm darf nicht fehlen, auch nicht ein erstklassig panierter Schenkel.

Ich verschlang die Pizza und schlug den Weg zum Bahnhof ein, wobei ich an den Fahrplan dachte und ausrechnete, wie lange es dauern würde, bis ich in meiner Basler Küche stehen und mit dem Kochen anfangen könnte. Auf einmal zog sich mein Magen zusammen, es war ein heißer, schneidender Schmerz. Ich musste stehen bleiben und mich sogar auf den Gehsteig setzen. Umständlich schritten Passanten an mir vorüber, einer stieß mit dem Fuß gegen meinen Rücken. Mühsam rutschte ich über den Boden zu einem Hauseingang und setzte mich auf die Treppe.

Als der Schmerz etwas nachließ, kamen mir Tränen, es war total geschmacklos, ich heulte und dachte an meinen geliebten Sizilianer. Ich erinnerte mich an seine entspannten Gesichter, an seine respektlosen Worte, ich erinnerte mich an seine Hände, die auf meinen Schultern ruhten, und dann dachte ich wieder ans Sommergras im Nachbarquartier, an meine erste Freundin, die mir ihren alles beherrschenden Mädchenmund geschenkt hatte, den ersten Blick ins alles beherrschende Wunder, das da heranwuchs zwischen ihren Beinen und über ihrem Bauch.

Mein Gott, schoss es mir durch den Kopf, mein Gott, obwohl ich doch überhaupt nie an Gott geglaubt habe. Immer bin ich überzeugt gewesen, dass die Menschen allein sind mit ihren Vätern und mit ihren Gürteln, allein mit ihrem Körper, den sie dir schenken in der Illusion, es gäbe eine Sonne, die nicht im Quartier untergeht, die an unentdeckten Orten das Gras wach küsst. Immer bin ich überzeugt gewesen, dass die Menschen ganz von selbst ihre kleinen Schatten hervorbringen, ihren kleinen Dämon, der irgendwann kommt und den Frauenkörper packt und den Frauenhals stranguliert, bis nichts, absolut nichts vom Wunder übrig bleibt, nichts vom Grasgeruch, der den Glauben hat aufkommen lassen, dass es immer einen nächsten Morgen geben wird, dass wir uns ewig in der Liebe üben können. Ich war davon überzeugt, dass es für die anderen Lebewesen gut ist, wenn wir alle einmal sterben ohne die Möglichkeit zur Verlängerung oder Rückkehr, wenn der Tod effizient zuschlägt und unsere Rücksichtslosigkeit verkürzt und bezwingt. Etwas anderes konnte ich nie glauben, vielleicht ist es heute noch so, aber in diesen Minuten auf den Treppenstufen weinte ich wegen der Endlichkeit, wegen des Todes als Sonnenauslöscher und Körperzermalmer. Ich heulte und dachte, dass ich mich zusammenreißen müsse, dass ich mein jämmerliches, wehrloses Gesicht sofort wieder umtauschen müsse gegen mein altes, standhaftes Gesicht.

Auf keinen Fall durfte ich sentimental werden, nicht hier auf den Treppenstufen. Zu Hause in meiner Wohnung konnte ich so lange um meinen Papa heulen, wie ich wollte, aber nicht im Ursumpf, wo die primitivsten Deutschschweizer herumwateten und mir ihre Lehmfüße in den Rücken hauten. Unter Barbaren darf man kein menschliches Gesicht zeigen, man muss ein falsches, ein den Barbaren entsprechendes Gesicht aufsetzen und sich ein derartiges

Gesicht jahrelang, jahrzehntelang antrainieren. Die ganze so genannte Zivilisation funktioniert nach diesem Verfahren der falschen Gesichter, die ganze so genannte Zivilisation ist ein Zustand, den man nur dann überlebt, wenn man ein wehrhaftes Gesicht und einen wehrhaften Willen an den Tag legt.

Ich erhob mich und versuchte zu gehen, mein Magen reagierte nicht, das Zittern war verschwunden. Vorsichtig setzte ich einen Fuß vor den andern. Leicht, ich fühlte mich leicht. Noch nie, glaube ich, bin ich in Furtnau so selbstverständlich dahingeschritten. Vermutlich hätte ich auch sofort den Zug nach Basel genommen, wäre da nicht die Menschenansammlung vor dem Bahnhofshotel gewesen. Ein renommiertes Hotel, ich wusste, dass darin regelmäßig *Symposien* stattfanden, auch jetzt fand, wie es schien, so etwas statt, vor dem Eingang hatten sich viele Leute in Anzügen und Abendkleidern versammelt.

Mitten durch die Menschenmenge hätte ich gehen müssen, um zum Bahnhof zu gelangen, oder ich hätte auf die Straße ausweichen können, was mir aber nicht in den Sinn kam. Ich schritt also durch die Menge und las das Plakat an der Eingangstür. *Symposium mit Nationalrat Johannes Lämmle – «Europa versus Schweizer Neutralität».*

Natürlich hatte ich die Veranstaltung nicht vergessen, auch nicht meinen lächerlichen Mordplan, dennoch erschien mir in diesem Moment alles wie ein gemeiner kleiner Traum. Das Foto auf dem Plakat zeigte ein wohltätiges Gesicht mit wohltätigen Augen und Ohren, obwohl es sich um das Lämmlegesicht handelte. Das spitze und spöttische Mündchen war ebenfalls da, allerdings spielten Licht und Schatten so perfekt zusammen, dass es äußerst sympathisch wirkte.

Ich musste lachen, noch nie, darf ich sagen, habe ich in Furtnau so laut gelacht. Die Leute schauten sich wohl nach mir um, zogen ihre Augenbrauen hoch und schüttelten ihre unselbständigen Köpfe, aber ich konnte nicht aufhören, bis jemand einen Namen rief, vielleicht war es auch ein Schrei. Es kam Bewegung in die Menge, die Leute traten zur Seite, gegen die Straße hin bildete sich ein Korridor, und dort stand Johannes Lämmle, oder nein, er schien gerade erst auf die Beine gekommen zu sein. Mit der rechten Hand hielt er sich das Knie, sein Gesicht sah müde aus. Offenbar hatte man ihm aufhelfen müssen, er schien zu stöhnen, als er an mir vorbeikam. Ein Schwächeanfall, sicher war er schon oft auf der Straße zusammengebrochen vor lauter Untatendrang, wie lächerlich, wie dumm von mir, diesen Affen aus der Welt würgen zu wollen.

Die Leute gingen in die Hotelhalle, ich folgte ihnen, ich weiß heute noch nicht, aus welchem Grund, wahrscheinlich lag es an meiner seltsamen Lachstimmung, die mir ein ungewohntes Gefühl von Souveränität verlieh. Wir gelangten in einen hell ausgeleuchteten Saal, in dem Projektionsgeräte, Mikrofone und Fernsehkameras herumstanden. Ganz vorne, auf einer mit blauem Teppich bespannten Plattform, waren schwarze Designerstühle um einen länglichen Tisch angeordnet. Die offiziellen Sprecher, darunter Lämmle, hatten bereits Platz genommen und tranken Mineralwasser, während sich die Zuhörer unterhalb der Plattform einen Platz suchten und auf den Beginn der Diskussion warteten.

Es bleibt ein Mysterium der Menschheit, warum solche Foren besucht werden, sie bieten keinen Dialog und nicht eine einzige Wahrheit. Es handelt sich um Verkaufsanlässe mit vielen schönen Meinungsprodukten, sorgfältig geschliffen, an Mehrheitsfähigkeit, das heißt an Dummheit nicht zu übertreffen, und die Zuhörer wackeln mit dem Kopf, sobald sich der Vorhang öffnet. In diesem Fall, das muss ich sagen, waren die Redner gar nicht schlecht. Zuerst sprach der Designerstuhl rechts, dann jener links, gefolgt vom Designerstuhl hinten, worauf jener im Vordergrund alles zusammenfasste. Die EU-Osterweiterung wurde mit denselben genialen Stirnfalten erörtert wie die terroristische Gefährdung der liberalen Werte, wobei man den Gesprächspartner sanft korrigierte und den Forumsleiter in seiner Eigenschaft als Moderator lächelnd zur Kenntnis nahm. Die Redner hatten ja auch keinen Grund, mit dem Lächeln aufzuhören, weil sie den Kern ihrer Monologe, auch Botschaft genannt, immerzu wiederholten, immer wieder geschickt *platzierten*, wie man in der Kommunikationsbranche sagt.

Schade eigentlich, dass meine Mitbürger das nicht auch genießen konnten, die meisten hörten angestrengt zu, einige machten sich sogar Notizen. Ich bin sicher, niemand hätte reagiert, wenn eine dünne Kroatin zu den offiziellen Rednern gegangen wäre, um Mineralwasser nachzuschenken. Ich stellte mir die Kroatin vor. Ihr Gesicht wäre schön, aber vollkommen abgewetzt und abgehetzt. Natürlich würde sie ein Tablett tragen, mit Gläsern und Flaschen darauf. Für einen kurzen Augenblick würde ihr Gesicht im Scheinwerferlicht aufleuchten und die verflossene Anmut erahnen lassen, dann würden plötzlich viele kleine Kroatinnen und Albaner vom Tablett springen und über den offiziellen Rednertisch flitzen. Vielleicht wären auch kleine Tschechen darunter, Mazedonier, möglicherweise Afrikaner und Ähnliches. Lustig würden sie herumtollen, bis schließlich auch noch ein paar Palästinenser hinzukämen. Natürlich hätten sie nicht die geringste Lust, im Zirkus mitzumachen, heftig würden sie sich zur Wehr setzen gegen die offiziellen Redner, gegen die offiziellen Meinungsprodukte. Viele kleine Dynamitstangen würden an ihren Körperchen kleben, der Reihe nach würden sich die Palästinenserlein in die Luft jagen. Der offizielle Rednertisch wäre dann voll gespritzt mit einer entzückenden Sauerei, winzige Därmchen und Ärmchen und Palästinenserköpfchen würden durch die Luft fliegen und sich im Scheinwerferlicht drehen. Wie zu erwarten, hätten die Redner auch jetzt keinen Grund, mit dem Lächeln aufzuhören, nur hin und wieder, mit eleganter Handbewegung, würden sie die Protestärmchen und Protestdärmchen von ihren Jacketts streichen.

Eine alberne Vorstellung, ich malte sie mir wahrscheinlich nur deshalb aus, weil sich der Saal immer mehr aufgewärmt hatte. Zum Glück gab es bald eine Pause.

Die nachdenklichen Bürger und die genialen Designerstuhl-Rhetoriker trieben in Richtung Foyer, wo Weißwein und Partygebäck auf uns warteten, Deutschschweizer Sumpfweine von der schlimmsten Sorte. Ich probierte ein Glas und lachte über meine Geistesabwesenheit, dann verließ ich das Foyer, und dies war der Moment, der alles veränderte.

Gerade erreichte ich das andere Ende der Hotelhalle, als ich hörte, wie jemand Lämmles Namen erwähnte. Ich hörte das Wort *umgefallen* und stand einen Augenblick unentschlossen, dann ging ich zurück ins Foyer, wo der Lämmle tatsächlich am Boden lag. Wie eine gut gekleidete Puppe sah er aus, das Gesicht nach oben gedreht, das spitze Mündchen ein wenig offen, so dass man die tadellosen Zähne sehen konnte. Die Augen waren geschlossen, die Haut wirkte unrealistisch farblos, als hätte man sie mit Theaterfarbe behandelt, um die Zuschauer zu erschrecken.

Jemand rief nach einer Ambulanz, zwei Männer begannen, den Körper auf die Seite zu drehen. Dabei konnte ich sehen, wie der Lämmle mit den Augen blinzelte, wie sich sein Mündchen bewegte, und ich dachte bei mir, dass ich jetzt hingehen sollte, um meine Hand darauf zu legen und seine Nase zuzuhalten und abzuwarten, bis der Lämmle erstickt war. Tatsächlich trat ich vor und kniete mich hin. Unverzüglich machten die Herren Platz, ich hätte ja Arzt sein können.

Ein wenig zitternd beugte ich mich über den Lämmlekörper und versuchte, meine Hand auf das Mündchen zu legen, auf dieses widerliche, endlich wehrlose Mündchen, aber meine Hand glitt darüber hinweg und suchte Lämmles Hand. Getuschel über mir, zustimmende Worte, dennoch setzte ich meine skandalöse Fürsorge fort, ich fühlte seinen Puls und riss meine Hand weg und legte sie zurück und fühlte *immer wieder* den Puls, und jedes Mal war ich erleichtert, dass er nicht tot war.

Ich kniete am Boden, bis die Ambulanz eintraf und der Lämmle fortgetragen wurde. Er hat sich bald von seinem, wie sich herausstellte, Kreislaufkollaps erholt, und ich, als sein heuchlerischer Samariter, wie ferngesteuert bin ich zum Bahnhof gegangen und aus Furtnau hinausgefahren.

Du wolltest den Lämmle töten, dachte ich im Zugabteil, stattdessen hast du seinen Puls gemessen, wieder und wieder hast du seinen Herzschlag, seinen Blutkreislauf, seinen Atem überwacht, weil du ganz einfach unfähig bist zum Kopfschnitt, du kannst so einen Kopf, wenn du ihn vor dir hast, und sei es der schlimmste, du kannst ihn nicht schneiden, selbst wenn es sich um deinen Kopf handelt. Nur zittern kannst du.

In meiner Basler Wohnung wollte ich zuerst meine Exfrau anrufen, aber dann wurde mir klar, dass ich sofort alles aufschreiben musste.

Sofort, dachte ich, du musst dich sofort an den Schreibtisch setzen und dahinter kommen, warum du den Lämmlekopf umsorgt statt entsorgt hast, du darfst den Schreibtisch nicht wieder verlassen, bis du dahinter gekommen bist. Du musst aber im Affekt schreiben, und wenn ein großer Schwachsinn dabei herauskommt, und wenn du am Ende nichts begreifst und nichts erreichst, im Affekt musst du schreiben, nur das ist jetzt angemessen, nichts anderes.

